ゴリアール派
中世ラテン詩歌集

瀬谷幸男
［編・訳］
松田章正
［訳］

論創社

ゴリアール派中世ラテン詩歌集　目次

ゴリアール派中世ラテン詩歌集

I　司教ゴリアスの黙示録[1]　〈ウォルター・マップ[2]〉

1

牡牛座[3]から　灼熱の陽の光りが
その炎の矢を　降り注ぐとき、
わたしは　こころよい西風[4]の恵みを求めて
森の木陰の　隠れ処《が》へとでかけた。

2

ある夏の日の　真昼どきに、
青葉生い茂る　樫の木[5]の下に横たわると、
わたしは　かたわらに佇む　ピュタゴラス[6]の姿を見た。
その姿は実体か否か、　神のみぞ知り　わたしは知らない。

3

わたしが　ピュタゴラスの姿を　見つめると、
そこには、さまざまな学芸の図像が　描かれていた。
この黙示は　真実なのか否か、
神のみぞ知り　わたしは知らない。

4

その額《ひたい》には　占星術が輝いており、
文法は　彼の一連の歯を支配し、
その舌には　修辞学がみごとに芽生え、
震える唇には　論理学が波うっていた。

5

そして、指には算術が結びついており、
くぼんだ動脈には　音楽が鳴りひびき、
両眼には　かすかに幾何学が立っており、
各学芸は その固有の場で華《はな》やいでいた。

6

前には　倫理学のすべて学問体系があり、
背景には　手工芸が書かれていた。
彼は書物のように　身体をすべて開いて見せ、
手のひらを差し出して「見よ」と言った。

7

そして、彼は右手の秘密を開いて見せた。
わたしが　じっと見つめて　読んでみると、
黒い文字で　こう書かれていた――
「我こそは先導者　君は我があとに続き給え」

8

すばやく　彼は立ち去り　わたしが後を追うと、
言うより速く　われらは別世界へと下りてゆき、

そこで　多くの摩訶不思議なもののなかに、
わたしは　数えきれない人びとの姿を見た。

9

わたしは　この人びとは誰かといぶかり、驚きながら、
それぞれの人の額の上に　目をこらすと、
さながら　火打ち石か　銅板に刻まれたように、
彼らの名前がはっきりと　読みとれた。

10

そこには　プリスキアヌス(7)が　手のひらで鞭を打ち、(8)
アリストテレースは　空を打ちつけ、(9)
トゥリウス(10)は言葉の力で　辛辣なものを和らげ、
プトレマイウス(11)は　天空を飛んでいた。

11

ボエティウス(12)は　無限の数を考え、

ユークリデース[13]は　面積を測量し、
ピュタゴラスは　鍛冶場で
しきりに金鎚を振るい　音の根源を探究していた。[14]

12

そこには　戦う者たちの指揮者たる　ルカヌス[15]や
銅の蝿を創る　ウェルギリウス、[16]
物語で民衆を楽しませる　オウィディウス、[17]
容赦のない辛辣な諷刺のペルシウス[18]の姿を見た。

13

スタティウス[19]が　比類ない大きな口をして、
彼の文体は主題を　遥かにしのぎ、
大衆の役者テレンティウス[20]は踊っており、
ヒポクラテース[21]は　農夫にニガヨモギを飲ませていた。

14

これら無数の群衆の　振る舞いをみていると、
神々しい顔をした　天使が近づいてきて
言った。「さあ、天を仰ぎ見よ、
そして　今すぐ何が起こるかを見届けよ」

15

わたしは素早く　天に視線を向けた。
すると　直ちにその霊に心を奪われ、
上空を不思議にも　ぐるぐる回転しながら
ついに　天界の入口に辿りついた。

16

しかし　稲妻の閃光があたりに走り、
それで　わたしはよく目が見えずにいたが、
すると　そばにいた天使が言った。
「さあ立ち上がれ、聖ヨハネが見たことを汝は見るであろう」

17

「聖ヨハネは　かつて見た神秘を
小アジアにある　七つの教会に書き送った。
汝もまた　別の形で　イギリスにある
七つの教会へ　それを書き送るのだ」

18

わたしは不審に思って　じっと立っていると、
さながら　雷鳴の廻る車輪か、あるいは
鹿の角か真鍮でできた喇叭《らっぱ》の　恐ろしい
音響のように　あたりに轟音が鳴り響いた。

19

天空を震撼させる　音響が鳴りやむと
わたしは　ひとりの善人が右手に　七本の燭台と
七つの星を握っているのを見た。
すると　天使は言った。「兄弟よ、よく考えるがよい」

20

「これらの燭台は　七つの教会を表わし、
これらの星は皆　今日の高位聖職者たちである。
彼らは他人に　正義の光を教える任務を持ちながら、
枡の下に神の恵みの灯りをともす人たちである[22]」

21

こう言ったあとで、天使は七つの表題について、
七つの封印が押された　一冊の本をとりだして、
言った。「目を凝らして見よ、そして
汝が世間の人びとに　何を言うべきかを知るがよい」

22

「この本は　司教たちの生活に関するものであり、
それは　封印によって明らかに分かる。
なぜなら　忌まわしいことは　内に隠され、
称讃すべきことは　外に掛けてあるから」

23

とある力が　第一章の封印を開けると、
そこに　わたしは四匹の動物を見た。
彼らは　姿こそまったく異なるが、
その振る舞いでは　相似た仲間であった。

24

一番目の動物は　獅子に似ており、
二番目は仔牛に、三番目は鷲に似て、
四番目は人間に似ていた。そして　彼らは翼を持って飛び、
眼が一杯あって　その眼は車輪さながら回っていた。

25

最初の封印の結び目が　解かれて
第一章の部分が　現われると、
わたしは　目を見張ってそれを見つめ、
この表題の続きを　先に読み進んだ。

26

獅子は　貪り食らう教皇である。
彼は金貨に飢えて　書籍を質草に入れ、
マルクに心を奪われ　聖マルコの名を汚す。(23)
最も高いところを航海しては　金銭に錨を下ろす。

27

あの仔羊は司教である。彼は誰よりも先に
牧草地を　急いで先回りしては、
自分がよく知るところを　嚙み取って反芻し、
他人の財産で　私腹を肥やす。

28

このように　他人に寄り掛かるあの鷲は
略奪者と呼ばれる　助祭長である。
彼は追いかける獲物を　遠くから眺めては
飛び回りながら　略奪を重ねて生きている。

29

人間の顔をまとっているのは、
ひそかに策略をめぐらす　司祭である。
彼は　正義を装いながら　欺瞞をはたらき、
正直とみせかけては　真実を偽る。

30

これら四匹の動物が　翼を持っているのは
飛び廻って　金銭の取り引きをするためである。
彼らは　鵜の目鷹の目で　前を行く
鴨を狙い撃ち　後から来る獲物をつけ狙う。

31

彼らはいずれも　気紛れな車輪のように歩き廻り、
移り気な車輪のごとき心で　思案を巡らす。
法外な要求を出して　車輪を乗り廻し、
似た者たちから　その車輪を得ようと企む。

32

前述の表題の箇所を　読み終わると、
わたしは　次の章を読み始めた。
そこで　わたしは司教たちの　慣わしを学び知った。
民衆の指導者たる彼らは　民衆を誘惑している。

33

角のある導き手(23)に切り苛まれ　平信徒らこそ災いなるかな！
司教たちは　武装した顔で　哀れな信徒らを罰する。
彼らは誰もが　角のなかに利得を隠し持ち、
仔羊の牧者ではなく、仔羊を餌食にしている。

34

また、病人であれ子供であれ、彼らは貧しい羊や
びっこの羊には　一顧だにくれず、
乳と羊毛の打算だけを　考えている。
かくして　彼らは迷える羊を　肩に背負って運ぶのだ。

35

もし彼らが　平信徒らの微罪を知れば、
彼らの信仰が犯されたと　責めたてる。
そして　その羊を裁いて　拷問にかけ、
羊毛を剝ぎ取り　財布のあり金すべてをせしめるのだ。

36

かくして、迷える羊の群れが　彷徨う先導者に従えば、
道からそれた羊飼いは　彼らを脇道に連れて行く。
乳と羊毛を奪ってしまうと　彼は羊の肉を
狼どもの餌食とし　禿鷹どもに啄《ついば》ませるのだ。

37

結婚指輪を　ぶざまにもその指に嵌め込み、
羊たちを導くにも　ひたすら鞭をふるい、
彼の小箱には　教会の法規しか入っていない。
こうして　第一章を読み終わると　わたしは立ちすくんだ。

38

雲がむらがり　空は赤く燃えて、
稲妻が走り　大気が振動すると、
雷鳴がごろごろと　轟きわたり、
そのために　第二の封印が解かれた。

39

見よ！　助祭長のなりわいの章を、
読んでみると、　彼はその任務により
司教の両手から　おこぼれものは何もかも
ひったくり　口と爪で引き裂いてしまう。

40

この男は　眼をらんらんと輝かせ　教区会議に出席する、
陰謀をたくらむ山猫、　利得をひそかに探るヤヌス[24]、
あらゆる犯罪を監視する　アルグス[25]さながらに。
だが、ポリフェームス[26]さながら　教会法には盲目である。

41

彼は多くの聴罪司祭の　裁定を信じ、
その威光は　教会法にまさり、
そのひとつだに犯した者は　すべての罪を負わされる、
真っ先に　財布の紐を　解かない者は。

42

彼は意見の異なる人びとに　訴訟を煽《あお》り、
教会法の形式に倣《なら》い　陰謀をたくらみ、
教会法を　助祭長の使者である
シモン(27)の姿に　変えてしまう。

43

彼は教会の権威を　公然と
売り物にし　それを赦されるという。
ことが首尾よくゆかず　免罪されなければ、
ついには　ためらわず　教会さえも売りに出そう。

44

彼は　使者を先送りして　陰謀をたくらみ、
情婦[28]を誘惑して手に入れ　その挙げ句に
運よくベッドに　連れ込み、
あわよくば　馬乗りの欲望を果たすのだ。

45

彼は助祭に命令する　聖職者は
「属格」が「与格」になるのを　知っているなら、
「対格」を「呼格」に　するようにと、
「奪格」で地獄の門から　兄弟たちを救うために。[29]

46

突然　太陽と月は　その光を失い、
黒雲が　あたりを包み、
夜さながらの　暗い闇に　覆われると、
第三の封印が　解かれた。

47

天使が言った。「そこの文書を読み給え」
読んでいると　わたしは神を恐れぬ男を発見した。
彼は　ウェヌス(30)を追い求め　悪評をまきちらし、
贈り物を漁《あさ》って　うろつき廻っているのだ。

48

この男こそ助祭であり　外見は人間に見えても
そうではなく　病原体の悪臭を放つ毒物で、
狂気の沙汰の暴力で　人びとに荒れ狂い、
人間面《づら》をして　人びとを欺くのだ。

49

助祭は　助祭長の番犬であり、
彼の吠え声は　教会法とは異なり、
教会法を唱えながら　教会法に違反して、
贈り物も買い物も　シモンと瓜《うり》ふたつだ。

50

助祭は　足跡を嗅ぎつけて、
愛欲の獲物を　追い求める番犬で、
彼の師が　前もって網を掛けたところで、
聖職者の実入《みい》りを　巧妙にも稼ぎまくる。

51

彼は自ら仕掛けた口論を　止めるように命令し、
真実を避けて　欺瞞を棲み家《か》とする。
疑わしきを信じ　明白さに疑念をはさみ、
信心深さを口にして　悪巧みを考えている。

52

贈り物をする人には　援助を約束するが、
貪欲にモノを渇望する心が
金銭に　しこたま酔い痴れると、
その盃を称讃するのは　いっさい聴かれない。

53

何か物を届ければ　彼は援助を約束する。
よって　彼の赤く燃える痛風の掌《てのひら》の
痒みに　贈り物の香油を塗ってやれば、
痛風患者さながらに　ことを手助けするだろう。

54

彼は悪人を推奨して　善人を蔑視し、
利益になると気づけば　正義を無視する輩《やから》だ。
法が及ぶときには　ティティウスを好み、(31)
法の力が及ばなければ　率先して悪事を奨励する。

55

そのとき　天上から黄金の手が突き出て、
三本の指で　本をすばやく捕らえ、
封印を解いて　突然に姿を消した。
こうして　第四章が開かれた。

56

そこに　わたしは司教区判事の慣《なら》わしが
描かれているのを発見した。彼らの搾取や貪欲、
欺瞞や陰謀に悪徳は　どんな大きな本の
余白にすら　書き切れないほどである。

57

彼らこそ　世の誰もが身震いする奴らで、
顔を見ただけで　大地は恐れ慄き、
ロドペー山脈(32)が　ごつごつした岩石で研ぐ間に、
あらゆる恐ろしい犯罪へと　彼らは駆り立てる。

58

彼らの生まれ持った　性悪《しょうあく》さにより、
またその職務がらゆえ　いかに多くの悪徳を犯すかを、
どんな速書きの作家の筆や声や、またその舌でさえ、
書き尽くせは　しないだろう。

59

彼らは　他人の小さな罪さえ　その噂をたてるが、
もちろん　自分が行ったときには、
彼らの憤怒や狂暴さは　沈黙の闇のなかに葬って、
いかなる噂や不平も　聞こえてこない。

60

彼ら司教の狩人にして　捕鳥者たちは
用心深い臆病者には　待ち伏せをし、
未熟な者には　槍で突き　賢い者には罠を掛け、
粗忽な者には落とし穴を　抜け目ない者には　鳥もちを仕掛ける。

61

こうして　司教たちの部屋は　貧者たちから搾取した
千デーナーリウス(33)もの儲けが　山積みにされる。
だが　司教の手には入らぬ　その十倍もの貨幣が
着服した彼らの横腹から　ざくざくと落ちてくる。

62

彼らは　教会を餌食にして　全力で狩猟して、
もし手に入れば　彼らが知りたいのは
その名にたがわず　主なる神への献身ではなく、
どれだけの金銭が　懐に流れ込むかだけである。

63

これは　彼らの本性に背くものだが、
彼らはつねに　何ごとも逆に振る舞い、
ここに　聖職者《クレルクス》の名前とは由来して、
彼らは　罪を犯すため　聖職に就くのだ。

64

そのとき　旋風と地震とが起こり、
天上の玉座から　雷鳴が轟きわたり、
「開く」を意味する「エフエタ」(33)と叫ぶと、
第五の封印が　解かれた。

65

第五章が開いて　その序文を読むと、
そこには　聖職者の風習や行動が描かれていた。
ああ！　彼らは万物の始源たる　主なる神の名を汚し、
金銭のため　三位一体を売っているとは！

66

彼は不謹慎にも　聖務に臨み、
二日酔いで　ミサを執り行う。
主なる神の前で　酒気を帯びゲップをしても、
聖職者とか　司祭と呼ばれる。

67

彼が聖職者の名に値するのは　当然のこと滅多になく、
いつもは　神を祝う司祭と呼ばれてしかるべきだ。
聖務を執り行うときは　聖職者と呼ばれても、
前夜たらふく呑んだ(34)ときは　「司祭」と呼ばれる。

68

彼が大胆にも　罪を犯すのは、
四旬節に(35)　信徒たちから
極悪非道の重罪を　数多く聴聞するために、
己の犯した罪など　取るに足らぬと思うのだ。

69

主なる神は　殺人犯をことさら嫌う。
殺人犯は人の生命《いのち》より　死を望み、
一万一千人の　処女よりも
子を産める　一人の淫婦をひいきにする。

70

司祭は　ミサが終わると祭服を脱ぎ、
娼婦の島(36)へと繰り出してゆく。
伝説によれば　天界から降りてきて、
若い牝牛を追い駆ける　ユピテルさながら。(37)

71

そして彼は　女たちに説教する、
「十分の一税(38)を物納しても　魂は救済されず、
自らの肉体《からだ》で　この税を納めなければ、
最期の審判の日に　誰ひとり救われない」と。

72

こうして　若い牝狐《めぎつね》を罠に掛けるが、
仔を産みたい　ためでなく、
己の罪で　失った魂を
救いたい　ためである。

73

すると　天上から　バラ色の顔《かんばせ》の
気高い乙女が　姿を現わして、
雪白の指で　本にふれると、
第六章の封印が　解かれた。

74

この章には　小さな画像や
細かい文字が　一行ごとに
ところ狭しと　書き込まれて、
聖職者のもろもろの悪行で　満たされていた。

75

その精神は　怠惰で麻痺し、　傲慢さが増大し、
情欲で汚れては　名誉欲で燃えたぎり、
肉欲は法外に肥大し、　その行動は恥を知らない。
これらの悪徳が　聖職者から迸り出る。

76

見よ、　先ず教区牧師は　その魂と
神聖なる職権を　助祭にゆだね、
訴訟を独り占めし　その見返りを着服して、
大胆にも貪り喰らい　畏《おそ》れを知らない。

77

その迷える魂を　さらに腐心し、
彼は　十余の教会を所轄して、
不測の災いが　あろうとなかろうが、
個々の所轄教区に住みついて　諸悪をはたらく。

78

彼が住む　宮殿のような邸宅の天辺は
どんな聖人を祀る教会の尖塔より　さらに高く聳え立ち、
彼が囲《かこ》う　若い愛人の衣裳は
十個の祭壇の覆い布より　さらに高価なものである。

79

彼は　塀と奇抜な建物を、
そして　銀貨、指輪、着替えの衣裳を、
万民を司る　聖なる教会の財産で作るが、
その戸口の前に　誰か裸でいても　一顧だにしない。

80

助祭は　司教に委ねられた魂を、
己の魂のごとく　支配する。なぜなら、
彼の魂を　気ままに堕落させようとして、
真っ先に悪を行い、自らの魂の堕落をはかる。

81

大罪はすべて　聖職者から迸り出る。
彼らは　神に敬虔に仕える身なのに、
禁じられたものを　取り引きして、
不当にも　その卑劣な行動の代償をせしめる。

82

ある人は　主人の命令で　海で漁《すなど》りをし、
ある人は　誰にも信頼されずに　商《あきな》いをし、
ある人は　牛や驢馬に曳かれて　田畑を耕す。
かくして　人の運命はその境遇とはそぐわない。(39)

83

高貴な人は　剃髪することを　軽蔑し、
ある人は　聖職者と聴いて　顔を赤らめ、
ある人は　書籍を秤に掛けて　投げ売りする。
かくして　平信徒の間で　聖職者の名声は地に落ちた。

84

すると　黒人の群れ[40]が嵐とともに、
漆黒の闇の中から　姿を現わした。
彼らは　至るところ長蛇の列をなし　通り過ぎ、
「されど汝、主よ[41]」と　七回大声で叫んだ。

85

彼らの途方もない大声と　恐ろしい叫び声を聴いて、
わが案内人は　恐怖のあまり身震いし、
わたしは　魂の抜け殻のように　呆然と立ちつくすと、
ついに　第七章の封印が　解かれた。

86

わたしは　大修道院長の慣習と　振る舞いに目を向けると、
彼らは皆　羊の群れを　地獄へ導く輩《やから》であった。
修道院では　せっせと動き廻るが、部屋では石のごとく
微動だにせず、この章では、
彼らはマラリア熱(42)さながらに　描かれている。

87

彼らは　現世の悦楽を　きっぱりと遠ざける。
瞑想する内なる苦悩、心の底からの悔悟、
悔悛による落涙、いさぎよい剃髪、
そして　慎ましい僧衣こそが　それを証明する。

88

しかし、彼らの僧衣が　質素であっても、
心の中には　ウェヌスの女神が深く棲みついている。
たとえ　頭頂の剃髪とは　不釣り合いでも、

酒杯を好み　その額は　はるかに放縦である。

89

たとえ彼らは涙して　心から悔悛する慣わしでも、
酒杯を勧められると　いつも嫣然《えんぜん》と微笑む。
たとえ　瞑想し沈黙していても、
彼らは　指を使い　多くの意思を表わす。

90

彼らが食事をする時は、祈りをそそくさとすませ、
顎は　すばやく動き、　歯は激しく嚙みくだき、
喉は　開け放した墓となり、胃袋は泡立つ深淵となり、
そして　指は　熊手のように掻き集める。

91

大修道院長が　修道士たちと晩餐を摂るときは、
酒を勧める人びとから　酒杯は順番に廻される。

すると　その酒杯を　両手で高々と掲げて、
大修道院長は　途方もない大声で　叫ぶのだ。

92

「主なる神の灯りは　なんと栄光に満ち溢れていることか、
人を酔わせる酒杯が　強き者の掌中にあるとは！
ヘー！　オー！　酒神バッカスよ、万歳(43)！
ダヴィデの家系の子孫(44)より　われらを洗い浄《きよ》め給え！

93

豊饒の女神ケーレス(45)の恵みに満ちた　酒杯を再び取り上げ、
彼は叫んだ。「余が呑まんとするこの杯で、
汝ら呑むことができようか？」すると、皆は答えた。
「もちろんですとも、ハー！　ヒー！　さあ、一気に呑み干し下さい」

94

しかし　彼らは呑み過ぎぬため　協定をむすび、

盃の半分だけを呑み干し、　その盃を廻すことになる。
すると　そこで　口論や喧嘩が始まる。
よって、彼らは喧嘩せずに　たらふく呑む算段をする。

95

すると　彼らはお互いに　規則と流儀を決めて、
その酒杯を　一滴も残さず呑み干すことにした。
かくして　胃袋と両手は　休むひまなく、
溢れる酒杯を呑み干すと　また注ぎ足すのだ。

96

よって　修道士たちは皆　悪魔と化して、
カササギか　オウムさながらに、
彼らは　たゆまず互いに喋りまくって、
彼らの師たる胃袋も　その本能を取り戻す。

97

彼らが　歯で噛み砕けば　顎が腫れあがり、
酒を飲めば　胃袋は氾濫し、
辛辣な言葉で　口論の炎が燃え上がる。
こうして　修道士のお喋りは　激しい喧嘩の口火となる。

98

お喋りと酒盛りで　彼らはしこたま酩酊し、
酌み交わす流儀や協定などは　先延ばしされると、
彼らは　賛同は話し合いで　流儀は酒量により、
そして　協定は美食により　決めようと言う。

99

彼らは　こうして命令に違反する。
欺瞞をはたらき、偽誓をし、嫉妬にかられ、
略奪し、　理性を失い、財産を搾取し、
満腹になるまで大食いし、道理を曲げる。

100

修道士より　高慢な悪魔はいなく、
修道士より　貪欲で移り気な者もいない。
彼らは　モノを贈られると、　すべてを独占して、
人からモノを乞われると　自分はびた一文もないと言う。

101

食事をすれば　舌が咀嚼を妨げないようにと、
いつも　黙ってひと言《こと》も話さない。
酒を呑めば　座って呑むのが慣わしである。
お腹《なか》の重みで　足が疲れないため。

102

こうして　昼は踊りながら　酒樽を崇め、
夜は　二本足の獣《けもの》とベッドにしけ込む。
これほど大きな乖離《かいり》と　憤懣やるかたなくとも、
これら神の下僕《しもべ》らは　しかるべく天国を手に入れる。

103

わたしが　これらの光景をしかと見て　心に銘記すると、
わが案内人は　わたしの両手を捕らえ、
その指で　わたしの頭を四つに切ると、
頭のまわりは　四つの部分に分かれた。

104

そして　わたしが　見違えぬようにと、
彼は　わたしの後頭部の柔らかい部分に、
乾いて固く鋭い　藁を突き刺し、わたしが見た
すべてのことを　わが脳の中に書き込んだ。

105

これが終わると　わたしは遥かな雲の上に運ばれ、
そして　第三の天まで　連れ去られた。
そこで　わたしは　この世の人には　言葉では言い表わせない、摩訶不思議な
神秘を目撃したのである。

106

わたしは　至高の裁判官の会議に　連れ出され、
何億という　夥《おびただ》しい人びとの間で、
人間の理性では　測り知れない
神々の深遠な会議を　学び知ったのである。(46)

107

これを見るや否や　わたしは　空腹になると、
この神秘的な会議に　参列した高貴な人びとは、
このわたしに　罌粟のパンを差し出し、(47)また
ある人たちは　レーテの川の水を(48)勧めてくれた。

108

わたしは　その罌粟のパンを食べおわり、
哀れにも　その川の水を口に飲み込むと、
直ちに　神々の贈り物を　忘れてしまい、
天上の出来事もろともに　何ひとつ思い出せない。

109

わたしは　第三のカトー(49)のように　天界から墜落して、
その秘密を伝える　使者にはなれないが、
わが仲間が　頭のなかに書き込んだことを、
わたしは　あなた方へ　忠実に話すことができる。

110

天上のことや　神の予言について、
何と多くの　また何と不可思議なことごとを、
話せたであろうに、詭弁的な罌粟のパンを食べ、
至高の足もとが　こうも滑りやすくなかったならば。

［訳註］

（1）この詩は十三世紀から十四世紀に亙り特にイギリスに於いて異常な人気を博し、印刷術の発明後にジョン・ベイル（Jojn Bale）が編集して最初に世に送った揺籃期本（incunabula）とされる。詩の題名は「新約聖書」の「聖ヨハネの黙示録」に因み、そのパロディーとして付された。詩人は夢の中で天国へ飛翔し、聖ヨハネがキリスト教会の運命を黙示される代わりに、教皇を始め高位聖職者たちのさま

ざまな悪徳と堕落を、夢の中で啓示される構図をとる。
（2）一一四〇年頃－一二〇九年頃のウエールズ出身の有名な廷臣兼諷刺詩人。また、彼は十二世紀後半にオックスフォードの助祭長に任命された。その博学と宮廷人の鑑としての名声により、当時のイギリス王ヘンリー二世の知遇を得た。主な作品に『宮廷人の閑話』*De Nugias Curialium* がある。
（3）いわゆる黄道十二宮のひとつで「牡牛座」のこと。太陽が運航して「牡牛座」に入るとは、五月の季節を表わす。
（4）ヨーロッパに一陽来復をもたらす春風を示す。
（5）ラテン語の原文では *'Jovis sub arbore'* とあり、古代ギリシア・ローマ人の間では樫の木は主神ゼウス（ユピテル）の神木であった。
（6）中世ヨーロッパ人の考えによると、ピュタゴラスが「自由七芸」である「修辞学」、「論理学」「文法」の三学と「算術」、「天文学」、「音楽」と「幾何学」の四芸を教えたとされる。
（7）六世紀のコンスタンチノーブルのラテン語文法学者。
（8）ラテン語の文法の規則を覚えない学僧らに与えられる罰を意味する。
（9）スコラ哲学者たちの激論に言及する。
（10）古代ローマ最大の雄弁家兼政治家のキケロを指す。
（11）紀元二世紀のアレクサンドリアの天文学・地理学・数学者で、「天動説」を唱え、中世では天文学の偉大な権威とされた。
（12）五世紀後半から六世紀前半のローマの哲学者兼政治家で高い名声を博した。その主著『哲学の慰め』*De Consolatione Philosopiae* はアルフレッド大王、フランスのロマンス作家ジャン・ド・マンやG・チョーサーにより自国語に翻訳された。

（13）紀元前三〇〇年頃のアレクサンドリアの数学者で、十二世紀にバースのアデラードに彼の主著がアラビア語からラテン語に翻訳された。

（14）ピュタゴラスが鍛冶屋で金鎚を振り下ろす時に出る音を観察して、音符を考え就いたと言われる。

（15）紀元前三九から六五年の古代ローマの叙事詩人で、ポンペイウスとカエサルによる内戦を歌った十巻からなる『ファルサリア』*Pharsalia* がある。

（16）紀元前七〇年～一九年の古代ローマの国民的な叙事詩人で、トロイア陥落後に長い航海を経て、イタリアのラティニウムに到着し、第二のトロイア建国としてローマの基礎を築いた経緯を歌う『アイネーイス』*Aeneis* は文体と構成共にホメロスに学んだ大傑作とされる。

（17）紀元前四三年～紀元一七年（?）。繊細な恋愛心理の機微を歌っては他の追従を赦さないラテン文学随一のエレギア詩人。主著に『恋愛の技術』*Ars Amatoria*、ギリシア・ローマ神話を集大成して全十五巻から成る『転身物語』*Metamorphoses* などがある。

（18）紀元三四年～六二年のローマの諷刺作家。夭折し寡作な詩人であった。

（19）紀元四五年～九六年のローマの叙事詩人で、オイディプス王の二人の息子エテオクレースとポリュネイケースが争った『テーバイス』*Thebaeis* や英雄アキレウスの青春時代を扱った『アキルレイス』*Achilleis* がある。

（20）ローマの喜劇作家で、カルタゴ生まれの奴隷であった。主な作品には『宦官』*Eunuchus* や『継母』

*Hecyra*がある。

(21) ギリシアのコス島で紀元前六〇年頃生まれた西洋医学の祖と言われるギリシァの内科医。ヒポクラテース著作体系として知られる医学の著作は約六十の論文が含まれている。その中でも、医者の倫理的理想を述べた『箴言』や『ヒポクラテースの誓い』は一般的にも有名である。

(22) 原文 'libras ....libros,...marcam....Marcum' のような語呂合わせは、十三世紀の中世ラテン詩人にはよく見られる。

(23) 司教が被る司教冠についての言及である。

(24) 古いイタリアの神で、頭の前後に顔を持ち、戸口や門の守護神である。

(25) 主神ユピテルが愛した少女イオーに嫉妬し、妻のユノーが彼女を雌牛に変えた後、その監視者となった百眼の怪獣を指す。

(26) ラテン語の原語 'polyphemus' はギリシァ語の 'πολύφημοσ《ポリュペーモス》' に由来して、「多弁を弄して喧しい」を意味する。

(27) 「聖職売買」'simonia' の由来となったサマリアの魔術師 'Simon Magus' を暗示する。彼が聖霊を与える力を買い取ろうとした故事に因む。「使徒行伝」8：18参照。

(28) ラテン語の原語 'Forcaria' は「妾」に与えられた名前か、当時の司祭たちの妻と考えられる。

(29) ラテン語の名詞の格変化を巧みに使って、聖職者が他人の所有物を掠め取り、あらゆる手段で罰を逃れるさまを諷刺したもの。

(30) 愛と美の女神。聖職者は妻帯を禁じられていたが、愛妾を囲い人妻を寝取る彼らの堕落した生活は、中世の文学ジャンルであるファブリオ等の格好の餌食になった。

（31）詳らかではないが、紀元前二世紀のローマの雄弁家ガイウス・ティティウス'C.Titius'に因むものとされる。

（32）エーゲ海北方のトラキアにある高い山脈。ウェルギリウス『牧歌詩』'Eclogae VIII.1.43参照。

（33）古代ローマの銀貨で、この略字をイギリスではペニーやペンスの略に代用する。

（34）ここでは、酒に酔ってミサを執り行う堕落した司祭を痛烈に風刺している。「司祭」とはラテン語では'sacerdos'と'presbyter'の二つの呼び方があるが、特に二日酔いで聖務に臨む司祭を'presbyter'と呼ぶべきと揶揄している。この詩ではラテン語の'praebiberit'「前もって飲んだ」と語呂合わせをしている。

（35）キリスト教で「灰の水曜日」から「復活祭の前日」までの四十日間を言う。この期間に荒れ野のキリストを記念して断食や懺悔を行う。また、カトリックでは懺悔の象徴として、頭に灰を振りかけたのに因み、「四旬節」の初日を「灰の水曜日」と言う。

（36）原語では、'in insulam meretriculae'「娼婦の島へ」であることから、娼婦街は他の住宅地から離れて、孤立した場所にあったと推定できる。

（37）ギリシャ神話によれば、主神ゼウスはある日、川の畔を散歩するイオーに心奪われ、彼女を森へ誘い黒い雲であたりを覆い、交わったが、妃のヘラ（ユノー）の嫉妬を恐れて、イオーを白い牝牛に変えたという。

（38）教会や聖職者の生活を支えるため、教区民が納める人・財産などの十分の一教区税のこと。中世以来は金納になり、今は廃止された。

(39) 詩人ホラティウスの『諷刺詩』第一巻の第一「欲」を念頭に置いているようである。（鈴木一郎訳）を参照のこと。

(40) 原語では 'Aethiopium turba'「エチオピア人たちの群れ」であるが、中世ラテン語では 'Aethiops' は肌色の黒い人の総称名辞を言う。

(41) 'Tu autem , Domine, miserere nostri.'「されど汝、主よ、われらを憐れみ給え」の文句は説教の終わりを意味し、人びとに「去れよ」の意味で使われる。

(42) 中世ラテン語の綴りは 'effimere' で、ギリシャ語の 'Εφημερα'《エフェーメラ》に由来するが、中世時代のラテン語の発音を示すものとして興味深い。

(43) 古典ラテン語では 'Io Bacche!' となるところが、'he! o! Bacche! と表示される。当時のラテン語の発音方法に由来し、感嘆詞の転訛の一例。

(44) イエス・キリストを示す。

(45) 豊饒の女神で、ギリシャ神話のデメテルに当たる。

(46) 105の2行目第三の天までから106の4行目の終わり。までに関して「コリントの信徒への手紙二」12：3, 4 の 'Sic hominem.....raptum usque ad tertium coelom.....et audivit arcana verba quae non licet homini loqui.'「わたしは　第三の天まで引き上げられたのを知っている。人が口にするのが許されない、言い表わしえない言葉を耳にしました」を参照。

(47) 詩人ウェルギリウスの『農耕詩』*Agricolae* 1.78 'Urunt Lethaeo perfusa papavera somno'「罌粟はレー

テの川の眠に浸って乾涸びる」を心に描いている。

(48) ギリシャ・ローマ神話にある黄泉の国にある川で、その水を飲むと生前の一切を忘れるという「忘却の川」のこと。

(49) 四世紀の箴言集である*Disticha Catonis*『カトーの二行詩』はデオニシウス・カトーの著作とされ、当時はラテン語の教科書として学校で広く利用された。また、G・チョーサーの『カンタベリ物語』の中の「粉屋の話」や「尼寺の尼僧の話」等でも言及されている。

II 司教ゴリアスの変身譜 〈ウォルター・マップ[1]〉

1

太陽は白羊宮を過ぎ金牛宮へと忍び入り[2]、
大地は一面に花々で新たに彩られるころ、
今しがた蕾のほころぶ松の木陰で、
わたしは疲れた四肢を眠りでしばし癒した。

2

わたしは小枝がすっかり繁茂しはじめた
とある森へと踏み入ったようである。
ここでは冬の寒さが害することも、
その優雅な姿を妨げることもない。

3

森の奥には微風《そよかぜ》がそよぎたち、
森は風のそよぎにしきりに共鳴していた。
そこでは荒々しい葉ずれの音が木霊《こだま》したが、
すべてが甘美な音色を響かせていた。

4

小枝の中央には、
若葉が繁りさながら多くの鼓《つつみ》となって、
心地よく美しい旋律を響かせ、
白鳥の今際《いまわ》の歌よりさらに一層甘美である。

5

三長一短格、六拍子、二重和合から、
　転調が共鳴し唱和が起こり、
　ヘリコン山の詩の女神の調べにも似て、
　森全体が一斉に共鳴する。

6

小枝の中心を風が揺り動かし、
　絶え間なくそよいで小枝をうち震《ふる》わすと、
　完全四度音程と五度音程の弦を響かせ、
　その間に半音を組み合わせた。

7

しかし、森の隆起したところでは、
　さらに甲高い響き声が木霊《こだま》した。
　高地から低地へと応唱するように、
　二つの声は互いに共鳴していた。

8

ここでは甘美に囀《さえず》る小鳥たちの声が聞こえると、
森は彼らの嘆きの声に鳴り響いた。
しかし、多様に調和するその声は
七つの惑星の秩序を予表する。

9

森の真ん中には広い野原が伸び広がり、
菫やその他の花々で色鮮やかに輝いていた。
その花々の芳しい馨りを嗅ぐと、
わたしは生まれ変わった心地がした。

10

そこには柱石の聳える王宮が立ち、
その土台は堅固な碧玉で支えられ、
その壁は光沢のある碧《あお》い色で、屋根には金箔が塗られて、
内と外には絵が一面に描かれていた。

11

わたしはこれらの絵を見て、
それらの浮彫細工を神秘的に思った。
鍛冶師ウォルカーヌスが特殊な技でこれらを鋳造した、
すべてが含意的ですべてが比喩として。

12

ここにはヘリコン山の九人の姉妹《ムーサエ》らと、
天界の全軌道(3)が描かれていた。
これらと共にアドニスの運命と
軍神マルスと愛の女神ウェヌスの鎖が見えた。

13

ここは全宇宙の宮殿であって、
万象の典型とそれから創った事象を含む。
被造物を支配する至高の造物主がこれらを
創造し、神の善の命令により配剤された。

14

内側からさまざまな佳《よ》き調べが聞こえて、
さながら女神たちが集っているかと思えた。
あらゆる楽器が独自の音色を奏でて、
歓びを言い表わしていたからである。

15

そこに響き豊かな声音《こわね》をきいたのは、
万物の釣り合いのとれた調和である。
そこではどんな楽器も共鳴するように、
万物の斉唱も同様である。

16

廷内には王が高御座《たかみくら》にいるのが見えて
慣わしで　王は笏に凭れていた。
そして、王妃が傍らに侍《はべ》っていた。
こうして王と王妃が膝下の者らを治めていた。

17

王は万物固有の熱気を象徴して、
さらに王はそれ以外をも暗示する。
王妃は造化のすべてを司り、
大地を肥沃にして、樹木に実を稔らせる。

18

処女パラスは王の頭頂から出て、
王はパラスを強力な結び目で傍らに縛った。
彼女は顔をベールで完全に隠し、
おのれの入会者にしかそのベールを脱がない。

19

彼女は至高なる存在の心、神性のこころであり、
彼女は自然の掟と運命に従い支配する。
彼女は不可解なる神性の存在、
われらのちっぽけな境遇の隘路を逃れるゆえに。

20

天界の使者メルクリウスが見えて、
彼は例の神性パラスの左手にいる。
頬を赤く染める花嫁らしく深紅色の衣裳を身に纏い、
彼の顔は柔毛で少し翳《かげ》っていた。

21

彼が天界の使者たるを、わたしは多くの人びとが
愛の絆で結び合うのを雄弁に暗示したい。
彼の顔が柔毛で翳《かげ》ると言うが、
かくも巧みに言葉を彩るべきである。

22

彼の花嫁は神々の系統を継ぎ、
衣裳は一部玻璃《はり》色の白絹で、
顔容《かんばせ》は熱気も溶かせず冷気も損なえず、
朝露に濡れる薔薇の花より赤く輝いている。

23

言葉は叡智と結ばれなければ、
放埒で無力な放浪者と見なされる。
そして殆ど無益であるゆえに、余り前進しない、
水夫《かこ》なき舟が操舵されるように。

24

分別《フロネンシィス》は叡智を彼女の特別な贈り物として与え、
婚宴の日、神々の集会で、
彼女は処女の頭上に花冠を飾り、
宮殿《ドムス》の中は宝石の煌めきで光り輝く。

25

花冠は深慮を意味する、
行動に慎重を期するためである。
花冠の真ん中の宝石は理性を暗示し、
その務めはあらゆる行動に優先すること。

26

天空の太陽は頭上に花冠を戴き、
そこから無数の光線を四方《よも》へ放射する。
ここには神秘は潜《ひそ》まず未知なるものもなく、
これが意味するは洵《まこと》に明白である。

27

彼の顔は千の異なる姿形をして、
頭上の王冠は燦然と光り輝く。
これこそ世界の眼、日々の原因、
生命の息吹で、万物を育むもの。

28

神の前に万物の元素に満ち溢れる
四つの壺が立っている。
それらは異なる種の銅に似ていて、
これこそが一年の四季を表わす。

29

ヘリコン山の住人たちは自らの楽器を携《たずさ》える、
この歓びを完璧に補うために。
そして、楽器を奏で、神秘の印《しるし》を示す
これらの秘跡に拍手喝采を送る。

30

九人には順序があり、九人は歌い、
九人は新しい竪琴《リュラ》を手に持って、
さまざまな弦を指で爪弾《つまび》いていた。
しかし、彼らの合奏は完全に調和した。

31

それらが表わすことは容易に解る——
あの善なる造物主は九つの天球[4]を創った——
八つの天球は共鳴し合い、九つ目は沈黙する、
音は運動なくして鳴り響かないがゆえに。[5]

32

それらは造物主の〈魂《プシュケ》〉への贈り物かもしれない、
〈魂〉はそれを身体に巻きつけ、身に纏《まと》って、
それらの像《イマーゴ》をわが身に烙印する、
肉体の脆い住居《すまい》に降下するときに。

33

三人の乙女らがユピテルの傍らに座り、
彼に向って、互いに指を絡ませじっと立っていた。
彼女らの身体と顔は反対の方向を向いて、
三人はそれぞれ至高の神の末裔である。

34

〈寛大さ〉は　神の贈り物と見なされる。
ものを施されたら　即座に返礼し、
しっかりと記憶に留めるがよい、
贈り物が一つなら　倍にして返すためにも。

35

今やタンブリンの甲高い音で喧騒が轟《とどろ》いた。
シレヌスが森の神サチュロスの一群を率いる。
彼は酩酊してよろめいて、輪舞を先導し、
神々の一人一人の哄笑《わらい》をさそった。

36

ウェヌスがこれらの群衆を治めている。
ある者はウェヌスを崇拝し、ある者は奉仕している。
いつものように　息子クピドーは彼女に随伴し、
少年の姿は裸で盲目、翼で飛び廻る。

37

彼が裸なのは　意志を抑えられないため、
盲目なのは　理性が彼を鎮められないため。
少年なのは　気紛れであるため、
翼があるのは　一箇所に留まらないため。

38

彼が振り回す投げ槍は黄金で作られ、
その先端はわずかに曲がる。
避け得ない槍、恐怖の槍、
この槍で指された者は貞節を棄てるため。

39

パラスだけがウェヌスと相争い、
力一杯に最悪の限りを尽くす。
パラスはウェヌスの歓びを拒む、
ウェヌスは貞淑を伴わないゆえ。

40

ここでは　さまざまな人びとが戦い、生き方も色々、
彼らはいつも慣わしを捨て難いから。
パラスやアフロディテはより尊かろうが、
なおも疑い迷って相争っている。

41

〈魂《プシュケ》〉はクピドーの抱擁に囚われて、(6)
軍神マルスは妻ネレウスへの(7)激情で身を焼き、
ヤヌスはアルギュオ(8)との別れを恐れて、
彼らの子孫〈先見《プロノエス》〉だけが愛するにふさわしい。

42

〈魂〉は肉の誘惑に捉えられ、
〈運命《ソルス》〉は軍神マルスのなかで動揺し、ネレウスは漂泊する。
造物主は自らの作品を大いに誇って、
未来に起ることは神のみぞ知り給う。

43

哲学者たちがそこにいた。ターレス(9)は濡れて立ち、
クリュシッポス(10)は数と伴に、ゼノン(11)は重さを計り、
ヘラクレイトス(12)は燃え上がり、ペルディクス(13)はコンパスで円を描き、
あのサモス島の人(14)は　万物を比例して、音の不思議な関係たる音階を作っていた。

44

キケロが人の関与を立証し、プラトンは命題を解析していた。
アピウス(15)が諫止すると　カトー(16)は説得していた。
アルケラウス(17)は至るところに遍在する
虚空を愚かにも算定していた。

45

ヒソプルスは彼のケタ(18)を連れだって、
プロペリトゥスは　キュンティア、(19)ティブルスはデリア、(20)
トゥリウスはテレンティア、(21)カトゥルスはレスビア(22)を伴っていた。
詩人らは自分の愛する女人《ひと》とここに集まっていた。

46

婦人はそれぞれ愛する男の火焔であり火花である。
その火の粉《こ》はカルブルニアのためプリニウス(23)を焚きつけ、
愛するブディンティッラのため　アプレイウス(24)を焼け焦がして、
ここそこで、愛する女人《ひと》はその愛人らを抱擁している。

47

彼らはさまざまな韻律で、多彩な詩歌を創り、
滑らかで優雅な詩歌をすらすらと紡ぎ出す、
ある人は十一音節で、またある人は繰り返す韻律で。
彼らの歌う詩歌はいずれも優雅で、野卑さは微塵もない。

48

ここにはあのシャルトルの博士[25]もいて、
彼の激しい舌鋒は剣さながらに斬り捨てる。
司祭の中の司祭ポワティエのペトルス[26]もいて、
彼はかつて結婚する人びとの騎士にして城代であった。

49

これらやその他の人びとの間に混じり遠く離れて、
プティ・ポンの住人の師アダム[27]がいて、実を言うと、
彼は指を1の字に突き立てて討論していて、
彼の議論はそれ自体　すべて明白に分かった。

50

われわれはロンバルディアのかの有名な神学者を見た。(28)
彼はイヴォ、(29)ヘリアス・ペトルスとベルナルドゥス(30)と一緒で、(31)
彼らの言葉は　バルサム樹、甘松であり、
彼らは皆　アベラルドゥスの熱愛者である。(32)

51

修道士レギナルドゥス(33)は大声で論争して、
一人ずつ絶妙な言葉で遣り込めていた。
彼は次々と皆に反駁して思案に暮れなかった。
彼こそはわれらがポルフュリウスを罠で捕らえた。(34)

52

清廉な心の主《ぬし》たる神学者ロベルトゥスがいて、(35)
誰にも劣らぬメネリウスもいた。(36)
彼は精神の気高い、慎重な口調でものを言い、
彼より繊細な人はこの世に誰もいない。

53

ここには鋭い容貌のパルトロモイウス(37)もいて、
彼は修辞学者、弁証家で言葉が巧妙である。
つまらぬ人びとで、わたしが省いた連中と共に、
彼に続き、ロベルトゥス・アミクラス(38)がいた。

54

花嫁は　彼女の廷臣《パラティヌス》パレの人(39)を、
その神聖な精神が万人を凌駕する彼《か》の人はどこかと捜し求めた。
彼女は巡礼者さながら　彼の人がなぜに退避するか、
自らの乳房と胸で抱きしめた　彼の人を捜し求めた。

55

哲学者に教育された輩《やから》が大声で喚いている、
修道士のフード付き外衣を纏った修道士らの指導者が。
そして玉葱《たまねぎ》のように三枚の下着を身につけて、
かくも偉大な予言者に　沈黙を押しつける。

56

これぞ品性の悪しき連中、地獄落ちの輩で、
不信心で最悪のエジプト王《ファラオ》、
外面は宗教に見せかけて、
迷信の小さな火花が潜《ひそ》んでいるのだ。

57

屑のような連中、この無知なる奴ら、
その精神の欲望は際限を知らない。
ゆえに、彼らを逃れて避けるがよい。
そして「否《いな》や然《しか》り」を、彼奴《きゃつ》らには答えぬがよい。

58

神々がこの連中に審判を下して、判決が出よう――
彼らは集会から追放されて、
哲学の奥義を聞かずに、
汚物のような職人技に限るがよい。

59

かくも偉大な法廷の刑罰規定でどんな判決を下されようと、
無効とはせず、妥当と見なされるべし。
よって、修道士の連中は無視されて、
哲学の講義から追放され給え。(40)――アーメン。

［訳註］

（1）ウォルターマップを〈〉付きで記したのは、十九世紀に至るまでいわゆる「ゴリアス」詩集と呼ばれる中世の遍歴学僧らによってラテン語で詠まれた一群の詩篇はウォルター・マップに帰せられてきたためである。現在ではウォルター・マップの唯一の作品は『宮廷人の閑話』*De Nugis Curialium* であることが実証されている。この詩の翻訳は Thomas Wright（ed.）*The Latin Poems Com-monly Attributed to Walter Maps. Printed for Camden Sosiety* 1841版の pp.21-30に依拠した。

（2）いわゆる黄道十二道の一つで太陽が運航して「金牛宮」に入るとは五月の時節を表わし、中世の詩人たちのはヨーロッパの夏を告げる、一年中で最も歓喜に満ちた季節。

（3）原文の'circulos'とは天球を帯状に取り巻く十一の円弧の軌道を表わす。その一つが'candens Circus'「銀河」であって、これは徳行の報いと祝福された人びとの集会の場であり、光り輝く星々の間で一際目を見張るような光彩を放つものと言われる。マクロビウスの *Commentarium in Somnium Scipionis*

『スキピオの夢の註解』i.15.1-2を参照。
（4）九つの天球と、当時知られていた七つの惑星を含む。
（5）中世時代には宇宙の中心に存在して不動と考えられた地球を指す。
（6）L・アプレイウス、『黄金の驢馬』*Asinus Aureus* の第四巻で語られるクピドーとプシュケーの話に言及している。
（7）ラテン民族の寓話によれば、「ネリア」Neria または「ネリエネス」Nerienes は軍神マルスの妻であった。
（8）「アルギュオ」Argyo の名は不詳。
（9）ソクラテス以前のフェニキア生まれの哲学者で、ミレトス学派の始祖。測量術や天文学に通じて、日蝕の予言や地に落ちる影からピラミッドの高さを量ったと言われる。
（10）紀元前二八〇－二〇七年のギリシアのストア派の哲学者。
（11）ゼノンは古代ギリシアのエレア派の自然哲学者。彼はパルメニデスの弟子で弁証法の創始者と言われる。
（12）紀元前五三五年頃－四七五年頃の火を万物の根本物質としたエフェソス生まれのミレトス派のギリシャの哲学者。
（13）ペルディクス（Perdix）は伝説によると、アテナイの名工匠ダイダルスの甥で、鋸とコンパスを発明したと言われる。
（14）「サモス島の人」（Samius）の謂いから、ここではピュタゴラスを示す。

（15）恐らくローマ人がギリシャ北西部の国エピルス（Epirus：現在のアルバニア）の王ピュルススス（Pyrthus）との和平を諫止した雄弁家のアッピウス・クラウディウス・コイクス（Appius Claudius Coecus）とされる。
（16）この「カトー」は中世時代に名声が高かった文法学者ヴァレリウス・カトーとされる。
（17）古代ギリシャのアテナイの哲学者アルケラウス（Archelaus）のこと。
（18）不詳。
（19）古代ローマのエレギア詩人プロペルティウス（紀元前四八―一六年頃）は彼の多くの詩を恋人のキュンティア（Cynthia＝処女神ディアーナ）に捧げた。彼女の実名はホスティア（＝'Hostia'「犠牲の牝獣」）と呼ばれたそうである。
（20）デリア（Delia）は古代ローマの抒情詩人アルビウス・ティブルスの最も寵愛した情婦で、彼の大部分のエレギア詩は彼女宛てに作られた。
（21）トゥリウス（Tullius）はキケロのことで、テレンティア（Terentia）は彼の愛妻のこと。
（22）紀元前一世紀の中半頃のローマの抒情詩人カトゥルスは恋人の名前レスビア（Lesbia）を詩の中で'mea Lesbia'「わがレスビア」'meaVita'「わが生命（いのち）」と詠っているのは読者に馴染である。
（23）カルプルニア（Carpurnia）は『書簡集』*Epistulae*や『トラヤヌス帝賛辞』の作者小プリニウス（Plinius Minor）の二番目の妻である。
（24）アイミリア・プデンティッラ（Aemilia Pudentilla）は上述した『黄金の驢馬』の作者アプレイウスの妻である。

(25)「シャルトルの博士」とはイヴォ・オブ・シャルトル（Ivo of Chartres）を指し、彼は当代有数の知識人でシャルトルの司教（一〇九〇－一一一七年）でもあった。

(26)「ポワティエの司教」とはスコラ学派ペトルス・ロンバルドゥスの弟子である「ポワティエのペトルス」を指し、彼の名声はスコラ学派の中で師に優るとも劣らなかった。

(27)「プティ・ポンの住人」とはイングランド生まれの「プティ・ポンのアダム」（Adam de petit-Pont）を指す。彼の名前は彼がパリのプティ・ポンに開いた「文法」と「弁証法」の学校に由来する。

(28)「ロンバルディアの神学者」とは上述のペトルス・ロンバルドゥスを指し、彼はスコラ学派哲学の中で最も有名な人物の一人である。

(29)この「イヴォー」なる人物は一一七四年のトゥールの司教を指すと言われる。

(30)「ペトルス・エリアス」は十一世紀の著名な文法学者である。

(31)「ベルナルドゥス」は神秘主義者でシトー派の修道士クレルボーのベルナールを指す。

(32)中世フランスの論理学者、神学者で、「唯名論」学派の創始者。弁証法の騎士として、後のスコラ学派の基礎を築いた。

(33)「修道士レギナルドゥス」とは詳らかでないが、十二世紀初頭の著名なラテン語詩人兼学者であったカンタベリーのレギナルドゥスを指すとされる。

(34)テュロス生まれのフェニキア人で新プラトン主義の哲学者。彼は師プロティノスの『エンネアデス』を編集・発表した。

(35)この「神学者ロベルトゥス」は特定が不可能とされる。

（36）不詳。
（37）一一六一―一一八四年まで司教であったエクスターのバルトロモイウスとされる。
（38）十二世紀のイギリス生まれの神学者で、「アミクラス」とは「貧者」を意味する綽名とされる。後にローマカトリックの枢機卿に就いた。
（39）ペトルス・アベラルドゥスへの言及。「ゴリアス」と「アベラルドゥス」の関係については、John F.Benton が 'Philology's Search for Aberard in The Metamorphosis Goliae' という標題で *SPECULUM* Vol. No.2.1975の4月号で論じているので参照のこと。
（40）この詩は既に述べたように、修道士らのパリ大学への蚕食（侵略）に言及していると言われる。この辺の事情に関しては、新倉俊一の名著『ヨーロッパ中世人の世界』所収の「中世の知識人――アベラールとその後裔たち」に詳述されている。

III　夏の歌　〈ケンブリッジ歌謡集第23歌〉

1

森は　しなやかな若枝を身にまとい、
その小枝には たわわに果実が稔る。

高い止まり木から　数珠掛鳩《じゅずがけはと》(1)が、
あたりに向かって　夏を告げ歌っている。

2

あちこちで　雉鳩の啼き声が聞こえ、
鶫《つぐみ》がこだまし、クロウタドリ(2)も歌いかえし、
雀も黙せず　囀っては、
楡の樹の下の　高台を占めている。

3

小夜啼き鳥(3)は　葉繁き小枝に歓喜し、
そよ風に乗せて　厳かにも長々と
大空に　木霊させる。

4

鷲は　空高く舞い上がって歌い、
雲雀は風に乗って　美しい声でさえずりながら、

上空から　急降下して大地に着くまで、
さまざまな旋律を　奏でる。

5

すばやい燕は　絶えずさえずり、
鶉《うずら》が啼くと　烏《からす》が鳴きかえす。
かくして　小鳥たちは　至るところで互いに、
夏の到来を祝って　さえずりかわす。

6

小鳥には　蜜蜂に似たものはいない、
キリストを　純潔のうちに身籠った
お方ほどとは言えなくとも、
蜜蜂こそは純潔の鑑であるゆえに。

［訳註］

（1）ハト科の鳥で全身薄茶色で、首の後ろに黒褐色の輪模様がある古くから世界的に広く飼われてきた家禽で、原産はアフリカとされる。
（2）ツグミの仲間で、一般的に開けた森林や農地などに生息し、分布域の多くでは都市鳥。日本では主に迷鳥として南西諸島や日本海側の地域に渡来する。
（3）スズメ目ヒタキ科に属する鳥類の一種で、別名ヨナキウグイス、墓場鳥とも呼ばれる。西洋のウグイスとも言われ、啼き声の美しい鳥で、ナイチンゲールの名でも知られる。

Ⅳ　恋人の誘いの歌　〈ケンブリッジ歌謡集27歌〉

1

あ　おいでよ　麗しき友よ、
わが心の友　愛する女《ひと》よ！
あらゆる装飾品で飾られた
わが寝室へ　お入りよ。

2

そこには　椅子が並べられ
家には壁掛け布もそなえられ、
部屋中に　花々がまき散らされて
芳醇なハーブの香りが　満ち溢れています。

3

そこには　食卓がそなえられ
あらゆる食べ物が　山積みにされています。
その上　澄んだ葡萄酒や　あなたの
好物は何もかも　豊富にあります。

4

そこでは　甘美な旋律が鳴り響き、
弦楽器が　高らかに吹奏されて
少年と熟練した少女とが　あなたのために、
美しい歌を　歌ってくれます。

5

彼は撥《ばち》で　ギターを爪弾き、
彼女は竪琴で　快い調べを奏でると、
召使たちは　さまざまな飲み物を
なみなみと注いで　大杯を運んできます。

6

わたしはずっと　一人ぼっちで森の中にいました、
孤独な場所が　好きでしたから、
ときおり　わたしは雑踏を逃れて、
また――　人混みを避けてきました。

7

……………
……沈黙して
……………喧騒を
……………群集から。

8

このような酒宴も　甘美な語らいほどに
僕の心を　楽しませてくれないし、
これほど豊かな　ご馳走さえも、
睦み合うことほど　嬉しくはないのです。

9

愛する女人《ひと》よ！　やがてすることを
ひきのばしても　楽しいことなどありましょうか!?
いずれすることは　すぐ行うがよく、
僕には一刻の猶予も　耐えがたいのです。

10

さあ　急いで、　愛する妹《いも》よ！
そして――わが恋人よ！
僕の瞳の輝く光よ！
はたまた　僕の心の愛のすべてよ！

V　春の日の乙女の愁い(1)　〈ケンブリッジ歌謡集40歌〉

1

西風(2)がそよぎて　日差しが温かくなり、
今や　大地は胸をはだけ　その芳醇な香りがみなぎる。

2

真紅色の春が巡り来て　見事な晴着で装い、
大地に花々をまき散らし　森には若葉が萌えいずる。

3

獣たちは寝座《ねぐら》を作り、小鳥たちも可愛い巣を掛け、
花咲き乱れる樹々の間で　春を寿ぎ歌う。

4

耳でこれを聞こうが　眼でこれを見ようとも、
ああ　大きな歓喜どころか　わたしの胸は吐息で溢れる。

5

ひとりこもって　想いに耽ると　顔蒼ざめて、
ふと見上げても　何も見えず　聞こえもしなし。

6

あなたこそ　せめて春なら　聞きとどけ　察してほしい、
春を告げる若葉や花や草木にも　わたしの心は思い悩むを。

［訳註］

（1）この詩には「春の日の乙女の吐息」という題名がついている。

（2）西欧では西から東に向かって吹く春の風を西風とか地中海の風とも呼ばれる。日本では春に東から発生して吹く風を東風《こち》と呼ばれる。

VI　月光のソナタ　〈ペトルス・アベラルドゥス〉(1)

1

月の女神の　澄みきった
灯りが　ようやく昇り、
兄の夕日(2)を　浴びて
あたりが　薔薇色に映えるころ、
心地よい　西風が
そよぐと、　大空をおおう
むら雲は消えて　一天に晴れわたる。
こうして　竪琴の音色のごとく
黄昏《たそがれ》は　胸の想いをなごませる。
こうして　ためらう心にも
いつしか　愛の想いが宿る。
宵の明星は　明るく輝き、

生きとし生ける　この世の
人びとに　歓び迎えられ、
眠りをいざなう　涼しげな
湯気をおびた　夜露をもたらす。

2

ああ、なんと幸せなことか！
眠りという　解毒剤は
いかに多くの　心労と悲しみの
嵐を　鎮めてくれることか。
眠りが　閉じた両眼の
瞳に　しのび寄ると、
さながら　恋の至福にもにた
甘美な歓びを　恵んでくれる。

3

眠りの神　モルフェウス(3)が

心のなかへ　もたらすものは、
熟《う》れた穀物を　かすめるそよ風、
澄んだ砂床を流れる　小川のせせらぎ、
それに　水車のめぐる音、
これらが　眼から光をうばい眠りをさそう。

4

恋のかぐわしき　営みのあとで、
脳そのものが　疲れはてる
よって　瞼の舟にたゆたう眼は
ふしぎにも　闇に包まれる。
ああ　なんと幸せなことか、
恋から眠りへ　移りゆくことは！
しかし　さらに甘美なるは
眠りから　恋へと戻ること。

5

快い腹部から　湯気が立ちのぼり、
脳の三つの小房《こべや》を　しめらす。
これが　もの憂い眠りをうるおし、
眠りへと　いざなう。
その眠りをさそう湯気が　瞼をみたして
視線は遠くへと　さすらうことない。
こうして　動物精気が両眼をつむらせ、
それが　眼の救いとなる。

6

心地よい　木陰のもとで、
ナイチンゲールが　嘆きの調べを歌うとき
休息するは　心やすらぎ、
草むらの上で　美しい
乙女と　戯れるは
さらに　楽しい。

さまざまな　草花の香りが
あたりに　かぐわしく漂い、
薔薇が　花の褥《しとね》を敷くならば、
ウェヌスの営みに　疲れると、
身体は　味寝《うまい》におそわれる。

7

ああ　移ろいやすい恋人の心は
なんと覚束なく　変化《へんげ》することか！
錨もなく　大海原を漂流《さまよ》う小舟さながらに
ウェヌスの　兵役に仕えるとは
希望と　恐怖のあわいを
たえず　揺れ動くこと。

［訳註］

（1）十二世紀の最も独創的な思想家であったペトルス・アベラルドゥスは、同様に詩人でもあった。彼が言うところによれば、エロイーズとの激しい恋に霊感を得た彼の詩は広く流布し、当時パリ中の話題になったが、以後それらの詩は散逸してしまったとされる。その散逸した詩の何篇かは後に『カルミナ・ブラーナ』（ベネデクトボイルン写本）の中に入った可能性はあるが、現在アベラルドゥスの詩篇と特定するには至っていない。しかし、この写本の中の恋愛詩から八篇の極めて学識ある恋愛詩を選び出し、他の詩篇と比較して稀に見る優れた詩的天才のものとして、それらの詩篇をアベラルドゥスに帰する学者もいるが、皆を承服させる絶対的な根拠が必ずしもあるわけではない。それにも拘わらず、この八篇の恋愛詩は一括りできるほど、十二世紀の学識ある恋愛抒情詩の最も高度に発達しものと言っても過言ではなく、ここでは「推定テクスト」として括弧〈〉付きで〈アベラルドゥス〉の作品に帰するものとする。

（2）太陽神アポロンと月の女神ディアーナは、レトとゼウスの間にデロス島で生まれた双子の兄妹である。

（3）眠りの神ヒュプノス（Hypnos）の子で夢の神を言うが、通常は眠りの神とされる。Cf. Morpheus は眠りの神 Somnus の息子で夢の神を指す。

VII　ウェネスに魅せられて　〈ペトルス・アベラルドゥス〉

1

その昔　ヘラクレース(1)は汗をして
ここかしこで　怪物を退治し、
世界中の災厄を　追い払い、
その赫々《かくかく》たる名声は
ひときわ　光り輝いた。
しかし、その名声も
ついに　色褪せて
盲目の闇に　閉ざされた、
アルケウス(2)の末裔が　イオーレ(3)の
魅力の　虜になったため。
※恋は　名声の輝きを
くもらせる。

恋する者は　時がたつのを
忘れさり
ひたすら　ウェヌスに仕えるため。

2

ヒュドラは(4)　頭を失っても
さらに　その頭をふやし、
どんな災厄より　猛々《たけだけ》しく
ヘラクレースの心を　掻き乱すことは
できないが、
乙女は　この男を手なずけた。
神々にもまさり、
アトラースが(5)　疲れると、
その肩に　天をもかつぐ
この男は　ウェヌスの軛《くびき》に屈したのだ。
※　ルフラン

3

カークスが[6]　消毒や
火焔を　吐き出しても、
ネッススが[7]　ふたつの顔で現われても、
恋する男には　無益であった。
スペインのゲリオンも[8]、
地獄の門番も[9]、
いずれも　三つの姿を持っていたが、
彼を脅かせなかった、
乙女が　すなおな微笑《えみ》で、
彼の心を　捕えていたので。
※ ルフラン

4

ヘラクレースは　豊かな庭の番人[10]を
死の眠りで　覆い包み、
アケロウスの娘の

額の角を
豊饒の神に　与え、(11)
猪と獅子を　手なずけて(12)
その名を馳せて、
トラキアの馬を　血染めの主人(13)の
屍《しかばね》に浸した　男だが、
おだやかな恋の軛《くびき》に　陥ったのだ。
※　ルフラン

5

彼はリビアジョンアンタイウス(14)との
相撲に耐えぬき、
巧妙に　倒れようとする、
ごまかしを　うまく制止し、
それを　許さなかった。(15)
こうして　この相撲の厄介な
難題を　うまく切り抜けたが、

主神ユピテルの　偉大な子は
イオレーの腕に
抱擁されると、
いつも　負け戦であった。
　※　ルフラン

6

かくも　その偉業の名声が
広く轟きわたる　この男を
乙女が　その色香の鎖で
牢獄に　閉じ込めた。
乙女は　舌がふれ合う接吻をして、
口づてに　ウェネスの
神酒《ねくたる》を　注ぎ込むと
男は　ウェネスの雅《みやび》さに
酔い痴れて　いたずらに
偉業の記憶、名誉さえも忘れ去る。

7

わたしは　ヘラクレースより強く、
ウェヌスに戦いを
いどもう。
彼女に勝つためには　逃げるのだ。
というのは　この戦いでは、
逃げることが　より強く
そして　より巧妙に
戦えて　かくして
ウェネスを　負かすのだ。
身を引けば　ウェネスは敗れよう。
　※ルフラン

8

わたしは　ウェネスの甘い軛と
快い牢獄の
閂《かんぬき》をはずそう。

他のことに　気を引かれて
夢中になっている間に。
おお、リコリスよ[16]　さようなら！
そして　わたしが誓ったことを
汝も願うがよい。
わたしは　恋に乱された心を
恋から　遠ざけたのだ。
　※　ルフラン

［訳註］

（1）大神ゼウスとアルクメナの子で、ギリシャ伝説中で怪力無双の最大の勇士。彼は不死を得るためにいわゆるヘラクレースの十二の功業（the Labors of Hercules）を遂行した。
（2）テーバイの王アンピトリオーの父でヘラクレースの祖父にあたる。
（3）エーゲ海の最大のエウボイア島にあるオエカリア市の王エウリトスの娘で、ヘラクレースに愛されたが、オエカリア市の滅亡後に捕虜となった。
（4）ペロポネソス半島のアルゴス付近のレルナ湖に棲む九つの頭を持った恐ろしいミズヘビで、ヘラクレースによって退治された。頭を一つ切り落とすとその跡に二つの頭が生じたという。

（5）神罰により肩で天空を支えるように宣告された巨人神。
（6）火の神ウルカーヌスの息子で、ローマの七つの丘の一つアウェンティヌス丘の人びとに害を及ぼしていたが、ついにはヘラクレースに殺された。
（7）上体は人間で馬の形をした怪物ケンタウルスの一人で、ヘラクレースの妻デイアニラに暴行しようとして、ヘラクレースに毒矢で射殺された。
（8）無数の牛を持つ三頭三身の怪物で、ヘラクレースに殺された。
（9）冥府の入口を守る三つの頭を持つ犬のケルベルスを言う。
（10）黄金の林檎のヘスペリデスの園は不眠不休のドラゴンによって守られていたが、ヘラクレースによって殺された。
（11）アケロウスはギリシャのペロポネソス半島のエピルスにあった大河の一つで河の神であったが、ヘラクレースが河神アケロウスと戦うと、河神は牡牛に変身して折られた角を豊饒の女神コピア（Copia）に与えられた。これを「豊饒の角」（Cornu copiae）と言って、幼児のゼウスに授乳したと伝えられる角で、しばしば角の中に花、果物、穀物を盛った形で描かれ豊饒を象徴した。
（12）ヘラクレースは十二の功業の第四番目として、ペロポネソス半島のエリュマントス山に棲む狂暴な猪を生け捕りにし、またギリシャ南東部にあるネメアの谷で不死身の猛獣である獅子を退治したと言われる。
（13）古代トラキア王ディオメデースは人食い馬を持っていたが、ヘラクレースによりその主人と馬とも殺されたと言われる。

（14）海神ポセイドンと大地母神ガイアとの間に生まれた怪力無双の巨人を言う。
（15）アンタイウスは大地の子であり、彼は客に相撲を強要して、相手を負かした時には皆殺害した。彼は斃れるたびに、母なる大地から新たな力を引き出したと言われる。
（16）この詩に歌われる乙女はローマのエレギア詩によく登場する馴染みの名前リコリス（Lycoris）と呼ばれる。

VIII　暁の瞑想　〈ペトルス・アベラルドゥス〉

1

フォイブスは[1]　黄金の馬車で
より高い天界を[2]　黄金の馬車で
薔薇色の　輝きで
あたりを　照らす。

2

優美な　母なる大地キュベーレ(3)は
一面に　花やぎ、
フォイブスに　恋をして、
セメレー(4)の子バッカスに　花々を捧げる。

3

心地よい　そよ風に
陽気に　酔いしれて
森には　小鳥たちの囀《さえず》りが
木霊《こだま》して　響きわたる。

4

小夜啼き鳥《ナイチンゲール》は 嘆き悲しみ、
テレウス(5)の名を　しきりに啼き叫び、
その嘆きの歌を　クロウタドリの
歌の調べに　むすび合わせる。

5

今や　ディオーネ[6]の
歓びの輪舞が　小鳥たちの
歌声と　しきりに呼応する。

6

今や　ディオーネが
冗談や　冷かしで、
彼らの心を　慰めては苦しめる。

7

彼女は　わたしの眠りもうばい、
恋に悶えて　眠れぬ夜を送らせる。

8

わたしは　クピドー[7]の黄金の矢に射られ、
その悩ましい炎で　わが身を焦《こ》がす。

9

わたしは　贈られたものに
恐れ　おののき、
わたしは　拒まれたものを
ひたすら　追い求める。

10

わたしは　心を許す乙女には
慎重に　警戒して
素直に　従わない乙女に
心が　魅かれる。
それが　わたしの真の姿。

11

乙女のために　死のうと
生きようとも　幸せにはなれない。
言い寄る乙女を　避けて、

逃げる乙女を　ひたすらに追い求める。

12

わたしは　義務は嫌うが、
禁じられると　なお心ひかれる。
嫌なことに　心満たされるが、
禁じられると　止《や》みがたいのだ。

13

おお、ディオーネの命令は
恐れねばならない！
恋の隠れた媚薬は
避けねばならない！
恐ろしい　欺瞞と
策略に　満ちているため。

14

ディオーネは　辛い恋を
味わわせる　人びとを
狂乱の炎で　懲らしめるのが慣わし。
彼女は　わが身を焦がす
怒りと嫉妬に　満ち溢れる。

15

よって　わたしは恐怖に
ふるえ　おののいて、
よって　わたしの頬を
涙が　あふれ伝わる。

16

よって　わたしの
顔が　蒼白になるのは
わたしが　恋の神に

欺かれるため。

［訳註］

（1）太陽神アポロン神の別称。

（2）「より高い天界を運行する」とは、夏が近づきつつあることを示唆する。

（3）本来は小アジアの古代フリギアの神で、神々の母と考えられたが、古代ローマでも祀られた豊饒や富の神オプス（Ops）や大地母神（Mater Magna）とも呼ばれた。

（4）フェニキア王アゲノルの子カドムスの娘で、主神ユピテルに愛されて酒神バッカスを産んだ。

（5）トラキア王のテレウスは義妹フィロメラを犯してその罪が露見しないように彼女の舌を切った。フィロメラの姉でテレウスの妻プロクネはこれを知り、テレウスに息子の肉を食わせて復讐した。フィロメラはナイチンゲールとなって悲運を嘆いて啼き、テレウスは神によってヤツガシラに変えられたと言われる。

（6）古代ギリシャのエピルス地方で最古のゼウスの神託所があったドドナで崇拝されたゼウスの妻で、美と愛の女神ウェヌスの母であるが、通常はウェヌスと同一視される。

（7）美と愛の女神ウェヌスの息子で恋愛の神。

IX　牢獄に閉ざされた春〈ペトルス・アベラルドゥス〉

1

春は　閂《かんぬき》を差されて　閉じ込められた
クロノス(1)の牢獄から　姿を現わした。
春は　天の微笑みの　閂をはずして
その顔を　のぞかせた。

2

アポロン神は　光り輝く黄金の頭髪で
大空を　掃き清め、
春の息吹を　送って
地上に　豊饒をもたらす。

3

牧場に　深紅色の花[2]が咲き乱れ、
かすかなる　白銀の冬から
春が　再びよみがえり、
自然の万象を　支配する。

4

今や　芳しいフローラ[3]が
大地母神[4]を　衣でまとい、
微笑《ほほえ》んで　花咲き匂《にお》う
美しい自然の姿と　たわむれる。

5

春の魅力を　引き立てようと、
ジャコウソウ、　バラ、　ユリが咲きそめた。

6

これらの花陰で　ナイチンゲール、
ハチクイドリ、ウグイスが陽気にさえずる。

7

春は　半人半獣のサチュロス(5)や、
森の精ドリュアスを　呼びさまし、
春はまた　新たな炎で
谷の精ナベアを　駆りたてる。

8

春には　クピドーが目覚めて、
春には　恋がよみがえる。
春には　わたしの心が乱れて、
春には　わたしの心が迷う。

9

わたしは　沈黙の炎を養い、
恋しても　意に叶う恋はなく、
わたしは　わが意に添わぬ
禁じられた　恋をもとめる。
ウェヌスは　やっと誓って
手に入れた幸運を　そこねて、
仕えつくした　このわたしを
死の淵へと　突きおとす。

10

愛する者が　報われるなら、
愛の神は　わたしを癒し　喜ばせもしよう！

11

愛の神が　癒す術《すべ》を教えてくれるなら、
わたしは　癒されて　嘆きはしまい。

12

恋の焔が勢いを増し　わたしは破滅せんばかり、
死神が　わたしの骨の髄まで捉える。

13

この痩せ細った身体は　わたしの運命の証し、
くじけても　身体は飽かずに希《こいねが》う。

14

わたしは　不幸の極みを味わい、
恋に溺れて　胸の痛みに堪えかねて、
その不幸の種子《もと》を　絶やそうとする。

15

だが　ウェヌスは秘策を弄し、
その苛酷さを　甘言で巧みに隠し、
鉤爪《かぎつめ》で　誰をも誘きよせる。

16

キプロスの女神よ、(6) さらなる苦痛をお赦し下さい。
もはや降参します、 武器を擱《お》いて下さい。
ウェヌスよ、汝の母神ディオーネとならんことを！

[訳註]

（1）古代ローマ人はクロノス（Cronos）を豊饒の神サトゥルヌスと同一視した。また別の神話では、彼は主神ユピテルによって地獄の淵タルタルスへ神罰により投獄されたとも言われる。だが、やがてこのクロノスは時間の神クロノス（Chronos）と一体と見なされるようになり、中世ではクロノス神は四季の正確な秩序を確保するため牢獄に閉じ込められたという話が流布した。
（2）五月頃に罌粟は紅色・白色・紫色・紅紫色の四弁花を咲かせ、春の到来を告げる。
（3）花と春と豊饒の女神。
（4）大地母神レーア（Rhea）はキュベーレ（Cybele）の別称。
（5）酒神バッカスの家来の半人半獣の怪物で酒と女が大好きな山野の精。ローマのファウヌス（Faunus）に相当する。
（6）美と愛の神ウェヌスを指す。この女神は地中海東部のキプロス島で生まれたと伝えられる。

X　この世の薔薇　〈ペトルス・アベラルドゥス〉

1

たとえ　天使や人間の言葉で話そうとも(1)
わたしは　この誇らしい勝利を　言い表わせない。
不敬な俗人どもが　嫉妬しようが、
この勝利で　わたしは全キリスト教徒の上に立った。(2)

2

されば言葉よ、原因と結果を(3)歌い給え！
されど　その貴婦人の名を　衣で覆い包むがよい。(4)
異教徒たちに　隠された秘密が
知れわたらぬ　ためにも。

3

わたしは　花咲ける草叢《くさむら》に立ちつくし、
心のなかで考えあぐみ　思い悩んだ。
「いかにすべきか。わたしは　砂地に種子を蒔くのか。
この世の花に魅かれて、ああ、わたしはもう絶望だ。」

4

「わたしが絶望しても　誰も驚きはしまい。
なぜなら　ある老婆に禁じられて、
その薔薇は　相思相愛も叶わぬゆえに。(5)
ああ、願わくは　プルートー(6)があの女を奪い去ってほしい！」

5

心のなかで　こう思い悩み、
老婆なぞ　稲妻に打たれよと願った。
見よ、今通り過ぎた場所をふり返ると、
わたしが　何を見たかを聞くがよい。

6

見ると花が咲いていた、花々の女王が、
五月の薔薇で　どの花よりも美しく、
綺羅星で　どの星よりも明るく輝き、
その乙女に　わたしは恋い焦がれていた。(7)

7

こうして　恋した乙女に逢うと、
えも言えず　心ときめき、
さっと立って　彼女に近づき、
膝を折って(8)丁寧に挨拶をした。

8

「ようこそ、いとも美しいお方(9)　高価なる宝石よ、
ようこそ、乙女の飾り　誉れ高き処女よ、
ようこそ、光のなかの光　この世の薔薇よ(10)
ブランシュフルール(11)と、トロイのヘレーナ(12)

高貴なるウェヌスよ！」

9

すると　明けの星(13)は答えて言った。
「天と地を　支配するお方(14)が、
草のなかに菫を　荊のなかに薔薇を咲かせるお方(15)が
あなたに　救いと名誉と薬草をお恵みくださだい」

10

すると　わたしは答えた。「いと麗しき女《ひと》、わたしは
貴女に　わが心をお救い下さるようお願いします。
ある本を読み　知りましたが、(16)
傷つける人こそ　救うことも上手と言いますゆえ(17)」

11

「わたしの矢で　あなたは傷ついたとおっしゃるが、
でも　そうではないわ、でも嘆くのをやめて、

その傷と傷の原因を　今すぐに明らかにしましょう。
あとで　わたしが僅かな薬でなおせますように」

12

「なぜ傷を見せるのですか　明らかに分かっているのに。
夏は五度《たび》も過ぎて　ああ、今や六度目もすぐきます。
わたしがある祭りの日に　あなたが踊るのを見てから、
あの日　あなたは皆の鏡であり窓でした」

13

こうして　一目見るや否や　あなたの虜となって、
こう言いました。「ああ、あれぞ崇めるにふさわしき女《ひと》！
すべての乙女に秀でた　たぐいまれなる女、
その姿と容貌《かんばせ》は　ひときわ光り輝いていました」

14

「あなたの容貌は白く輝き　愛くるしく、

澄んだ大気さながら　明るく光っていました。
それで　わたしはくり返し言いました。『ああ、わが神さま、
彼女こそ　ヘレーナ、はたまた女神ウェヌスでは』と。

15

「金髪は　あやしく垂れて、
首は雪さながらに　白く光って、
胸はほっそりとして、(18)　誰の目にも
あなたは　どんな香料より芳しく馨りました」

16

「つややかな顔には　ふたつの星が光り輝き、
歯は　象牙のように白く、
わたしの言葉より　肢体は二倍も美しく、
誰が　心魅《ひ》かれずに　いられましょうか」

17

「すると　あなたの輝く姿が　わたしを鎖でしばり、
わたしの気質や　心まで変えたのです。
わたしは内心　あなたにその場で話したかったのですが、
その願いは　決して叶いませんでした」

18

「それで　わたしの心は　ひどく傷ついたのです。(19)
ああ、ウェヌスが　わたしにきびしく振る舞い、
誰がこれほども　苦しむでしょうか、
希望を抱いて　その望みが奪われた者ほど」

19

「わたしは　胸に矢を突き刺されて　いつも持ち歩き、
それで　わたしは絶えず　溜め息をつき、
言いました。『造物主よ、わたしは何の罪を犯しましたか』(20)
わたしは　すべての恋人たちの重荷を　背負ったのです」

20

「飲み食いや　睡眠がわたしから逃げ去り、
わたしは　わが病を癒す薬さえありません。
主キリストよ　こうしてわたしを亡ぼさずに、
どうか　慈悲深くもこの哀れな男を　お救いください」

21

「わたしは　これ以上の困苦を経験しましたが、
わが心労を　唯一慰めてくれるものは、
漆黒の闇夜を通して　夜ごとにくり返して
あなたが　わが夢のなかにあらわれることです」

22

「よって　薔薇よ、いかにわたしが傷ついて、
あなたゆえ　いかに拷問で苦しんだかを知り、
今こそ　どうかわたしの心を癒してください。
あなたの救いで　わが傷を治し生き返らせてください！」

23

「せめて　叶うことなら、　わたしはあなたを讃えて(21)
レバノンの杉のように　花開き亭々と聳えもしましょう。
しかし　あなたが騙し裏切るのでしたら、
わたしは　難破し　生命の危険に晒《さら》されるでしょう」

24

輝かしい薔薇は言った。「あなたは沢山の経験をされたのですね、
でも　おっしゃったことを　全く知らなかったわけじゃないの。
しかし　あなたはわたしが抱いていた気持ちを夢想すらしなかったわ。
わたしの悩みは　あなたがおっしゃることより遥かに大きいのです」

25

「しかし　くどくど申し上げるのはきっぱりよします、
わたしは　あなたに十分償いをして、
あなたの心の傷を癒し　喜びを与えたいので、
蜂蜜より甘い(22)　薬を差し上げましょう」

26

「よって　お若い人よ　何をお考えですか、
あなたは　裕福になるため　銀貨を欲しいのですか、
それとも　身を飾る　高価な宝石をお望みですか、
できるなら　お求めのものを何なりと差し上げます」

27

「わたしが欲しいのは　宝石や銀貨ではなく、
むしろ　なによりも栄誉のあるもの、
できないことを　うまく実現させるもの、
悲しむ者に　輝く歓びを与えるものです」

28

「あなたが望むものを　予想ができませんでしたが、
あなたの望みに　お報いしたいと思います。
わたしの持ち物を　熱心に探し求めて、
お望みのものを　見つけましたら　お受け取りください」

29

これ以上何をか言わん(23)　乙女の頸《くび》を腕で抱きしめ
何千回をも　互いに熱い接吻《くちづけ》を交わして、
わたしは　くり返し叫んで言った。(24)
「まさしくこれぞ　わたしが切望したもの」

30

あとのことは　誰もがご承知のはず、
悲しみや溜め息は　遠くに消えさり、
天国の歓びが　われらの心に忍び入り、
ただちに　ご馳走の山が供えられた。

31

今や　抱擁の悦びが　百度もくり返され、
今や　愛する女《ひと》とわたしの願いは　互いにふくらみ、
今や　わたしは　愛する者の賞品を　掌中に握りしめ、(25)
今や　わが名は　讃美された。(26)

32

よって　愛する者は　わたしを肝に銘ずるがよい、
不運に苛まれても　勇気を失わないこと。
きっと　いつの日か　夜明けがきて、
償いの栄光を　手に入れるものゆえに。

33

たしかに　苦哀こそが　歓喜の源泉であり、
労なくした　偉業は達成されず、
甘き蜜蜂を求める人は　蜂によく刺されもする。
したがって　人は境遇が辛いほど　より強い希望を抱くがよい。

［訳註］

（1）「コリントの信徒への手紙」13：1参照。
（2）「宮廷風恋愛」の追求は聖職者の道に入ることの比較としてよく描かれる。よって、キリスト教徒は秘伝を伝え、俗人たち（profani）は神聖な儀式に入会を許されない。
（3）このスコラ哲学用語について、ボエティウスのアリストテレースのAnal.Post. 註解 'si vera causa sit

et causatum simul,'「もし原因が真実なら結果も同じである」参照。
(4) 勝利しても意中の貴婦人の正体を秘匿するのは、宮廷風恋愛の伝統である。
(5) この詩が『薔薇物語』に影響を与えたという説もあるが、P・ドロンケは両作品の間には三十年以上の開きがあると言って、否定的である。
(6) 冥界の王で、主神ユピテルと穀物の女神ケーレスの娘のプロセルピナを連れ去って冥界の女王とした。
(7) この少女はヘブライ語の慣用表現である'florum florem'「花々の中の花を」とか、花々や星々のイメージは「処女マリア」の印象を与えるのに役立っている。
(8)「士師記」7:6「他の民は皆膝をつきかがんで水を飲んだ」参照。
(9) 'Formosissima'「いとも美しき貴女」は「雅歌」1:4「わたしは黒いが、美しい、エルサレムの少女たちよ」を彷彿させる。また、この言葉は「処女マリア」に適用される。
(10) 原語'mundi rosa'「この世の薔薇」はイギリスのヘンリー二世の寵愛の女'Rosamund'にかけて言われる。
(11) ブランシュフルールとはフランス語で「白い花」の意味で、中世ロマンスに出てくる美しい女主人公の名前。
(12) ゼウスとレダの娘でスパルタ王メレラウスの妻で絶世の美女。トロイの王子パリスに連れ去られたことからトロイ戦争が起こったが、トロイ陥落後に夫のもとへ戻ったとされる。
(13) 'Stella matutina'「早朝の星」とは聖処女マリアを象徴する。

(14) 貴婦人を敬愛するのは「宮廷風恋愛」のコンヴェンションの一つである「女性奉仕」の証しである。
(15) 恐らく主人公の恋の痛みの経験に言及するものであろう。
(16) その師とは'magister amoris'「愛の師匠」たるオウィディウスのことを指す。
(17) オウィディウスの『恋の治療法』*Remedia Amoris* の44行に「一つの手が傷つきもし、また救いもする。」参照。
(18) 「金髪」、「首は雪さながら」、「胸はほっそりとして」等々は中世では高貴な女性の表現方法として推奨された。
(19) 「雅歌」4:9「あなたはわたしの心を傷つけた」参照。
(20) 「ルカによる福音書」15:18「父よ、わたしは天に対しても、また父に対しても罪を犯しました。」参照。
(21) 「ローマの信徒への手紙」5:11「わたしたちは神を誇りとします。」参照。
(22) 「詩篇」19:11「蜜よりも，蜂の巣の滴りよりも甘い。」参照。
(23) オウィディウス『恋愛詩』*'Amores'* 15、23－24「なぜ一つずつ魅力を述べるべきであろうか、その他のことを誰が知らぬ者がいようか。」参照。
(24) 第1連からの繰り返しが夢を実現したことを予告する。
(25) 「コリントの信徒への手紙一」9:24「たしかにすべての人々が走ったが、唯一人がその賞品を手に入れた。」参照。
(26) 「詩篇」148:13「主の御名は讃美されよ。」参照。

XI　死を招く〈噂〉(1)が　〈ペトルス・アベラルドゥス〉

1

死を招く〈噂〉が
くりかえし　わたしを傷つけ、
わたしの　不幸に
悲しみを　つみ上げる。(2)
あなたを責める(3)巷の声が
わたしを　ひどく苦しめ、
今や　世界の涯《はて》まで　響きわたる。
妬み深い〈噂〉(4)が
あなたを　継母のように苦しめる。
人には　知られぬように
さらに用心して　恋をせよ！
あなたは〈噂〉の瞼から

遠く離れた暗闇で　ことを行うがよい！
恋は　隠れ処《が》を好み、
それに　甘い誘惑と
戯れの囁きを　好むものだから。(5)

2

ふたりが　愛の絆で
結ばれている　間は、
ひどい〈噂〉が　あなたを
咎めだては　しなかった。
だが　ふたりの愛が
冷えきると、
卑劣な世間の人びとは
不意に　あなたを死罪にもひとしい
誹謗で　傷つける。
新しい恋を喜ぶ〈噂〉は
街中へ　飛び出すと、

もはや　取り返しがつかない。(6)
見よ　かつては貞淑の館《やかた》が(7)
妓楼として　衆目に晒される。
なぜなら　乙女のユリも(8)
恥知らずの　取り引きで、
下賤な人びとに　ふれると
凋《しぼ》んで　色褪せるもの。

3

今やわたしは　あなたのうら若き
青春の花を　嘆き悲しむ。
かつては　宵の明星より
ひときわ　明るく光り輝き、
鳩のごとき　あの甘い心は
今は　蛇の苦《にが》さとなってしまった。(9)
あなたは　求める人びとを
敵意ある言葉で、　遠ざけ、

贈り物をする　人びとを
寝室へと　喜び迎える。
そして　何も施さぬ人には
立ち去るようにと　命令する。
盲人や跛行《はこう》の人を(10)　迎え入れ、
あなたは　気高き人びとを
毒ある蜜で　欺きだます。

［訳註］

（1）この詩の主題は意中の貴婦人に巷の悪い〈噂〉が増大していくこと。
（2）その「悪評」が市中の代弁者の寂寥感に重ね合される。ウェルギリウスの『アイネーイス』の4.197「イアルバの〈噂〉は口伝えでわが心に火をつっけ、怒りを積み上げげた。」参照。
（3）原語 'crimen'「罪」はしばしば「密通」の意味で使われる。
（4）ウェルギリウス『アイネーイス』4.173 ff 'dea foeda'「醜い女神」参照。
（5）ホラティウス『歌章』1.9.18「夜の帳に包まれて／小声で囁く逢引きの／時が戻って来ているのだ。／今や、娘は家の奥の／隅から忍んだ偽りの／笑いの声を挙げ、」参照。
（6）ウェルギリウス『アエネーイス』4.184 ff 参照。

（7）原語‘pudoris palatium’は「恥の館」であるが、この‘pudor’は教会ラテン語では意味が変遷して、「純潔、処女」を意味するようになった語彙の一つである。聖母マリアの子宮は‘pudoris aula regia’「純潔の王宮」と呼ばれた。

（8）「ユリ」が純潔の象徴であるのは「雅歌」にまで遡る。「雅歌」2：2‘sicut lilium inter spinas, sic amica mea inter filias「乙女たちの中にいるわたしの恋人は／茨の中に咲き出でるユリの花」参照。

（9）「鳩」と「蛇」の対象の霊感として、「マタイによる福音書」10：16‘estote ergo prudent es sicut serpentes, et simplices sicut columba’「だから、蛇のように賢く、鳩のように素直になりなさい」参照。

（10）「マタイによる福音書」11：3「目の見えない人は見え、足の不自由な人は歩き」参照。

XII　エロイーズ　〈ペトルス・アベラルドゥス〉

1

陽気な姿の　きら星は
心の雲で　光もうすれ
歓びにも　こと欠いて、
口の笑いも　空虚《うつろ》になる。

当然　わたしは嘆き悲しむ、
いとしい女《ひと》が　身を隠したので、
わが心の力を　支えてくれて
身も心も　誓った女《ひと》なのに。

2

彼女は〈愛の神〉の輪舞のなかで、
衆に秀でて　輝いていた。(1)
彼女の名は　太陽の光から
明るく　反射して輝き、
大地を照らす　鏡の
役目を　果たしている。(2)
わたしは　彼女を崇め、彼女に憧れ、
この世で　唯ひとり
彼女にだけ　心魅かれる。

3

わたしは　かくも長い孤独の
日々を　嘆き悲しむ。
ふさわしい　夜の力をかりて、
彼女の唇から　どれほど多くの
接吻《くちづけ》を　盗み取ったことか！
その唇からは　肉桂がしたたり、
甘いカシアの馨《かお》り(3)が　わが心の部屋に
少しずつ　沁み込んできた。

4

しかし　彼女は恋の慰めも
希望もなく、　痩せおとろえる。
彼女の青春の花も　干涸《ひから》びていく。
願わくは　かかる遠い別れが
今すぐにも　解消されますように！
再び会うときには　この辛い別離が

確かな誓いを　得られますように！

［訳註］

（1）ダンスで仲間に一際目立つ乙女の描写は、恋する男の陰鬱な重苦しい姿と効果的に対比されている。

（2）彼女の名前の由来のギリシャ語の太陽を意味する‘ἥλιοσ’《ヘリオス》の光を反射して太陽の鏡となる意から、言葉の語呂からHeroiseを表わすとして、この詩の作者をアルベルドゥスと多くの学者が確信している。

（3）「雅歌」4：1・1ff。「あなたの唇は蜜を滴らせ／あなたの香り草はシナモン」参照。

XIII　人生の儚さについて　〈作者不詳〉

1

されば、大いに楽しもうではないか、(1)
われら　いまだ若いあいだに！
ゆかいな　青春の一瞬《いっとき》がすぎさり、
つらく悲しい　老年をへると

大地は　われらを覆いつくそう

2

かつて　この世にあった人びとは
今や　いずこにへ行ってしまったか？(2)
天上の神々のもとへ　行ってみたまえ、
地獄のふちを　訪ねるがよい、
ありし日の　人びとに会いたくば。

3

この世の人生は　まことに儚く、
瞬く間に　終わりをつげて、
すみやかに　死神が訪れては
手あらにも　われらを奪いさり、
誰ひとり　死を逃れえない。

4

万歳　われらが大学よ、
万歳　われらが教授たちよ、
万歳　すべての男たちよ、
万歳　なべての女たちよ、
彼らに　とこしえに栄えあれ！

5

万歳　すなおで　うるわしき
すべての　乙女たちよ、
万歳　やさしく　愛くるしく
素朴で　勤勉なる乙女たちよ、
彼女らに　とこしえに栄えあれ！

6

万歳　われらの　共同体よ、
万歳　これを正しく導く人びとよ、

万歳　われらが大学街よ、
万歳　われらを　ここで庇護してくれた
多くの　やさしい人びとよ！

7

この世から　悲しみが消えさり、
憎しみあう奴らが　滅びさり、
悪魔が　地獄へつき墜《おと》され、
無学な俗物と　人をあざ笑う奴らは
さっさと　この世とおさらばだ！

［訳註］

（1）'Gaudeamus igitur'「されば楽しもうではないか」で始まるこの詩は十三世紀頃の作品とされ、十七世紀〜十八世紀に亘って当時ドイツに移入されつつあった「アナクレオン派」の詩風をいち早く吸収し、酒と恋と人生の無情を歌い、ロマン派まで続くドイツの学生歌（Studentenlied）の伝統を打ち立てたヨハン・クリスティアン・ギュンスター（一六九九－一七二三）の詩風に先駆するものとされる。因みに、この歌は現在でも国際学生競技大会であるユニヴァーシアード祭典歌とされる。

（2）オランダの歴史家ホイジンガの名著『中世の秋』の第十一章「死の幻像」（兼岩・里見訳）河出書房新社）二六六頁にこう述べられ「すべての世の栄誉は亡びゆく、という限りない悲嘆の声が奏でる旋律には、三つの主題があった。第一には、かつてその栄華一世を風靡したすべての人々は今いずこなるか、という主題。第二はかつて美しさを誇った人々の腐れ果てた姿を見て恐れおののくという主題。その第三は死の舞踏の主題である。即ち、第一は'Ubi sunt?'「彼らは今いずこにありや?」、第二は'Memento mori'「死を想え」、第三は'Danse macabre'「死の舞踏」の主題である。これらの主題は皆キリスト教的な'Contemptus Mundi'「現世厭離」の基調音に通底する主題である。

XIV　薔薇の蕾を摘め(1)〈作者不詳〉

1

学問などに　おさらばしようや、
無学ってことも　楽しいものさ。(2)
そして　無邪気な青春の

快楽《けらく》を　大いに摘み取ろうよ！
学問などに　身を捧げるのは(3)
老人にこそ　ふさわしく、
陽気に　遊び戯れることが
われら若者には　につかわしいのさ！
※学問に専念すれば
歳月は早足に　過ぎ去る。
されば　無邪気な青春の季節《とき》にこそ、
気ままに　浮かれ戯れよう。

2

人生の春(4)は　移ろいやすく、
われらの冬は　速やかに訪れる。
すると　われらの人生は　活力を失い、
この世の労苦は　肉体をむしばむ。
すると　熱き血潮は涸《か》れはて、気力は萎《な》えて、

歓びも　やがて少なくなる。
老齢は　絶えず病をもたらし、
われらは　希望もうせるのさ。
　※　ルフラン

3

われらは　天上の神々を見倣おう。(5)
これぞ　しかるべき考えである。
いざ　われら網を仕かけて
甘い恋路を　追いもとめよう。(6)
そして　われらの欲望に仕えよう。
これぞ　神々の慣わしである。
歓楽の巷《ちまた》を　さまよって、(7)
乙女らの踊りを　眺めて楽しもう。
　※　ルフラン

3

そこには　乙女らが群がり
たちまち　われらの目の保養となる。
そこでは　乙女らが気ままに踊り、
溌剌たる肢体は　きらりと人目をひく。
乙女らが　身をゆすり
しなやかに　踊り戯れるのを
両目をこらして　見とれていると、
その艶姿《あですがた》に　わが心は虜《とりこ》となる。(8)
※ ルフラン

[訳註]

（1）この詩は上記XIII「人生の儚さについて」の中の'Gaudeamus Igitur.「されば楽しもうではないか」の範疇に入る学生歌であり、'Carpe diem'「今日という日を摘め」、あるいはロバート・ヘリックの名句'Gather ye rose-buds while ye may'「できる間に薔薇の蕾を摘め」等のいわゆる「アナクレオン的テーマ」を詠んだ詩である。

（2）ホラティウスの『歌章』4. 12, 25, 28の「だが躊躇ったり、金儲けに夢中になるのをやめなさい。

……時には馬鹿騒ぎもするもいいだろう。」参照。
(3) ホラティウスの『諷刺詩』1. 1, 27「冗談はさておき、真面目に考えよう。」参照。
(4) オウィディウスの『転身物語』10. 85「人生の春の季節は短い」参照。
(5) パウロの「エフェソの信徒への手紙」5：1.「したがって、あなたがたは神に倣う者となりなさい。」参照。
(6) オウィディウスの『恋愛術』1. 45「狩人は鹿を狩るにはどこに網を張るべきかをよく知っている。」参照。
(7)「雅歌」3：2「起き出して町をめぐり／通りや広場をめぐって／恋を慕う人をもとめよう。」
(8) ホラティウスの『歌唱』4. 12, 20「この僕に我を忘れさせた貴女」参照。

XV ウェヌスの宵祭りの歌(1) 〈作者不詳〉

1

いまだ恋せぬ者は　明日は恋せよ、恋せぬ者も　明日は恋せよ！
春は再び巡り来て　今ぞ歌声の春、万物は春の息吹に蘇れり！
春にこそ　恋人たちが結び合い、春にこそ　小鳥が歓び番《つが》う。

樹木さえ　恋い慕う春雨に髪を梳《す》き、初咲の花々で緑なす木陰をつくる。
明日こそは　恋人の縁結びの女神が、森の木陰にミルテの蔦で小屋を編み、
明日こそは　愛の女神ディオーネが(2)堅固な高御座《たかみくら》から恋の掟を述べるとき、
いまだ恋せぬ者は　明日は恋せよ、恋せし者も　明日は恋せよ！

2

女神は自ら　紅に輝くこの季節を、花々の宝石で飾りつけ、
この女神は西風の息吹で、震える乳房を膨らませ蕾にする。
彼女こそ夜風で降りる、キラリ輝く露の滴をまき散らす。
見よ、落下する重みに耐えかねて　うち震える夜露を。
逆さまの水滴は円《まる》く小さな輪となって、自らの落下を支えている。
見よ、紅の花々の蕾がそっと示す羞《は》じらいを。
静かな夜、星々が降らす夜露ゆえ、夜明けにこの処女たちの乳房から
濡れた衣が脱がれると、暁にはこの女神の命令により、
処女なるすべての薔薇の花々は契りを結ぶ。
ウェヌスの血　アモルの接吻　紅玉　炎と灼熱の太陽から生まれた
薔薇の花は　明日こそは婚姻の契りによって、その炎の衣に覆い隠した

羞じらいを　ためらいもなく脱ぎ捨てるだろう。
いまだ恋せぬ者は　明日は恋せよ、恋せし者も　明日は恋せよ！

3

女神はニンフたちにミルテの森に行くように告げて、
「さあ、ニンフたちよ行くがよい！　アモルは武器を捨て
休日を楽しんでいる。彼は武器を持たず裸で行くよう
母神ウェヌスに命じられ、弓でも矢でも松明でさえ、
他人を傷つけるなと言われているから。」
アモルは乙女たちの仲間へとやって来た。たとえ弓矢を
奪い取っても、アモルが己の任務を怠るなど信じ難い。
よって、ニンフたちよ心せよ　クピードーは美男であればこそ、
丸腰でも武装しても、全く変わりがないことを。
いまだ恋せぬ者は　明日は恋せよ　恋せし者も　明日は恋せよ！

4

処女神ディアーナよ、ウェヌスは等しく羞じらいながら

あなたのもとに処女たちを送った。
「一つだけお願いがある　デーロス[3]の処女神よ、森が獲物の
狩猟で血が流れないことを。
愛の女神ウェヌスの願いは　もし、あなたがその慎み深さを和らげ、
処女神にふさわしいと思うなら、あなたも来てくださることを。
やがて、三日間の宵祭りで我らが踊り歌い群れをなし、
あなたの聖なる森を互いに花冠をかぶり、ミルテの小屋の間を踊り行くのを見て欲しい。
ケーレス[4]やバッカスも、詩人たちの守護神アポロンもやって来る。
寝ずの業をするが良い　あらゆるものが讃美されこの聖林は
ディオーネが支配して、森の神ディアーナよ、
あなたは　しばし退いていて欲しい。」
いまだ恋せぬ者は　明日は恋せよ、　恋せし者も　明日は恋せよ！

5

ウェヌスは　その裁判席をヒュプラ山[5]の花々で覆うように命じては、
優雅の女神（グラーティアイ）三人[6]を従え、主審者として判決を言い渡す。
ヒュプラよ、季節の恵むあらゆる花々を　撒き散らせ。

ヒュプラよ、アエトナ山の(7)裾野ほど多くの花衣《はなころも》で身を飾れ。
ここには　田園の娘　泉に住む乙女　森や山奥に住む乙女らも
やって来るだろう。
翼もつ息子の母親は　乙女ら皆を座らせて、
丸腰のアモルでも　彼女たちは信じぬようにと命じた。
いまだ恋せぬ者は　明日は恋せよ、恋せし者も　明日は恋せよ！

6

明日こそは　天空が初めて結婚の宴を催《もよお》した日。
父なる天空が　春の雲より四季を創らんとして、
夫の雨が　多産な妻なる大地の胸に降り注ぎ、
その広大なる肉体と交じり合い、
産まれたすべての子らを育まんとして。
そして、大海原は　天球から降り注ぐ血滴の放射を受けて、
青色の魚の大群　また二足の河馬《かば》の間に水波立つディオーネを造った。
いまだ恋せぬ者は　明日は恋せよ　恋せぬ者も　明日は恋せよ！

7

この女神は　たぎる血潮と魂の奥深く精霊を浸透させ、
創造の女神として　神秘の力で神羅万象をつかさどる。
天と地と海を支配し　行く先々至るところ、自らの生命の種子で潤し、
世界中に生命誕生の術《すべ》を教えこむ。
いまだ恋せぬ者は　明日は恋せよ、恋せし者も　明日は恋せよ！

8

この女神こそ　あのトロイア人の子孫(8)をラティウムの地に導いて、
自分の息子にラウレンテース(9)の女を娶《めと》らせた。
やがて、軍神マルスに聖なる神殿の聖処女を与えた。
ロームルス(10)にはサビニー族(11)の娘と婚姻の契りをさせた。こうして、
ラムネス(12)とクイリテース(13)、また、ロームルスの子孫のために、
父なるカエサルと甥なるカエサルを産ませた。
いまだ恋せぬ者は　明日は恋せよ、恋せし者も　明日は恋せよ！

9

恋情は田園を肥沃にし、田園はウェヌスの悦楽を感じる。
ディオーネの息子アモル自身　この田園で生まれたという。
畑がこの子を分娩したとき、母は我が子を胸に抱き、
花々の甘美な接吻で　育んだ。
いまだ恋せぬ者は　明日は恋せよ、恋せし者も　明日は恋せよ！

10

見よ、まさに牛たちが　エニシダの下で脇腹を伸ばし
各々が夫婦の契りを結び、安穏としているさまを。
見よ、木陰の下で連れ合いと一緒の羊の群れを。
今や、白鳥たちも　湖面一杯に　しわがれたおしゃべり声を響かせる。
小鳥たちも　女神から愉快な囀りを止めるなと命じられた。
ポプラの木陰の下で　テーレウスの妻が鳴いていると、
その妙なる愛の口調に感動しても　残忍なる夫への呪いの音色は感じられない。
彼女は歌う、「私は声が出ないわ。私の春は　いつになったら来るのかしら。
いつ、燕となって沈黙を破れるのかしら。

私は沈黙を守ってムーサを失い、アポロン(14)も私を見捨てた。
さながら　もの言わぬ間にアミュークラエの街(15)は沈黙が滅亡させたかのように。」
いまだ恋せぬ者は　明日は恋せよ、恋せし者も　明日は恋せよ！

[訳註]

（1）この詩の翻訳の底本としてH. W. Garrod ed. *The Oxford Book of Latin Verse*: OUP, 1973, pp.375-378を使用した。ウォルター・ペイターの『享楽主義者マリウス』（*Marius the Epicurean*）によって初めて花開いた"Cras amet qui numquam amauit quique amauit cras amet."のルフランで有名なこの春を寿ぐウェヌス讃歌の制作年代は不詳であるが、ほぼ四世紀の初め頃のものと推定される。しかし、その内容の色調から、我々はこの詩の中に、「古典期の残照」と同時に「中世の曙光」を読み取ることができるように思う。国原吉之助氏によれば、春の自然の美しい自然描写とともに歌われるこのウェヌス讃歌は、シシリー島のエトナ山の裾野で祝われた。ウェヌス三宵宮に参加した乙女らによって歌われたものであり、ギリシアの女流詩人サッポーの書いた「アプロディーティ讃歌」に一脈通ずるものであろうと述べている。

（2）ギリシャ神話ではゼウスと交わってアフロディーテー（＝ヴィーナス）を産んだ母神とされるが、ここではヴィーナス自身のこと。

（3）処女神で狩猟の女神ディアーナ（ギリシャ神話のアルテミス）の生誕の島。

（4）穀物の女神で、大神ユピテルとの間にプロセルピーナを産んだ。
（5）蜜蜂で有名なシシリー島にある山。
（6）優雅の三女神で、アグライナ、エウフロシーネとターリアを言う。
（7）シシリー島のエトナ火山の西南の麓にある町。
（8）トロイ陥落後、ローマ建国の使命をもって、イタリア中部のラティウム地方に上陸した、女神ウェヌスと英雄アンキセースの子供であるアエネイアースのこと。彼はウェリギリウスの国民的叙事詩『アイネーイス』の中で、主人公として描かれている。
（9）ラティウム地方にある港町。
（10）ローマの建国者で初代の王。アエネイアースの子孫とされる。
（11）ラティウムの北方、中部イタリアに住んでいた一種族。
（12）ロムルス支配下の原始的一種族。
（13）公民の資格を持ったローマ市民をいう。
（14）アポロンは音楽の守護神である。
（15）スパルタとラティウム地方にある町名。アミュークラエと沈黙の関係は不詳。

XVI　**恋情を誘う小夜啼鳥よ**　〈作者不詳〉

1

青春の放縦と
恋の吐息は
あまりにも　甘美なゆえに、
　小夜啼鳥《ナイチンゲール》も　歓び歌う。

2

彼女こそ　恋をいざない、
彼女こそ　接吻を焚きつけて、
わが恋情に　焔《ひ》をともし、
　誇らしくも　恋を育む。

3

野火の切り株に　木霊《こだま》する
鶫の囀りを　よく聞いたもの。
その啼き声を聴いて　乙女心が疼《うず》いて
　やるせなくも　恋に悩む。

4

大理石より　かたくなで、
青銅の心を持つ　乙女さえ、
木陰から　小夜啼鳥の囀りを聴けば、
　心は激しく　燃えさかるもの。

5

小夜啼鳥こそ　クピドーの守護鳥で
恋のひと矢を　放ったあとで、
「オーチ！　オーチ！」と　囀りながら、
　胸のときめきを　かりたてる。

XVII

酒神バッカスよ　〈作者不詳〉

1

酒神バッカスよ、ようこそ、
ああうれしい、大歓迎さ、
おかげで　おいらは
陽気な気持ちに　なれるんだ。
※ そのワインは　よいワイン、
　高貴なワインで、
　飲む人を　雅びにし、
　正直で　勇敢にする。

2

そのくぼんだ　盃《さかずき》は
生のままの　美味《うま》いワインにあふれて、

飲むほどに　皆が
満ちたりて　酔い痴《し》れる。
　※　ルフラン

3

これこそ　王の盃、
そのために　エルサレムから
略奪され、(1)　王たるにふさわしい
バビロンの都は　富みさかえた。(2)
　※　ルフラン

4

この盃で　あの主人の
知人が　飲み、
仲間が　飲み、
そして　友人が飲む。
　※　ルフラン

5

バッカスは　人びとの
胸を　ふいに捉えて、
彼らの　心の奥に
恋の炎を　焚きつける。
※　ルフラン

6

バッカスは　しばしば
女たちを　訪ねては、
彼女らを　あんたの身に委ねる、
おお、ウェヌス(3)の女神よ！
※　ルフラン

7

バッカスは　血管に
あつい液体を　注ぎ込み、

ウェヌスの　情火で
女を　燃えあがらせる。
※　ルフラン

8

バッカスは　悩みや苦しみを
解きほぐし　なごませる。
気晴らしと　歓びや
笑いと愛を　もたらしてくれる。
※　ルフラン

9

バッカスは　いつもこうして
女心を　やわらげて、
男の言いなりに　女を
すなおに　ときほぐす。
※　ルフラン

10

コイトゥス[4]を
かたくなにこばむ　女でも
バッカスは　いつも
容易に　攻略させる。
※　ルフラン

11

バッカスは　人の心を
陽気にする　酒神で、
さらにまた　呑む人を
賢くもして　雄弁にもする。
※　ルフラン

12

バッカスよ　高名な酒神よ、
こうして　おそばに仕える

おいらは皆　汝の贈り物を
味わって　楽しさは百倍です。
※　ルフラン

13

おいらは皆　汝を
至高の賛辞で　称えます、
汝の功徳を　讃美します。
世々代々に　永久《とこしえ》までも！

[訳註]

（1）ユダヤ人のバビロン捕囚に言及。古代バビロニア王ネブカドネツァル王（前六〇五－五六二在位）により三度に亘って南ユダ王国の捕囚政策が行われた。

（2）古代バビロニアの首都バビロンは古来、奢侈、華美、享楽、頽廃、悪徳のはびこる都の象徴として描かれる。Cf. 米作家 Fitzgerald の『バビロン再訪』*Babylon Revisited*。

（3）ウェヌスはローマ神話の〈美〉と〈愛〉の女神で、ギリシャ神話のアフロディテーと同一視される。

（4）Latin 語 'coitus' は「性交」を意味する。

XVIII

俺たち酒場にいるときは　〈作者不詳〉

1

俺たち酒場にいるときは
浮世のことなど　心配しないで、
さっそく　博打《ばくち》にうち興じ、
汗して　ひたすら遊びほうけよう。
銭が　酌婦となる
酒場では　何が起こるか
知りたければ、
俺の話を　聞くがよい。

2

ある奴は賭博して　ある奴は酒を呑む。
ある奴は　無頼に生きる。

だが、賭博にうつつを抜かす奴は
身ぐるみ剝がれて　素寒貧になる奴や、
運よく　衣服にありつく奴もいる。
また　ある奴は袋のなかで暖をとる。
ここでは　誰ひとり死を恐れずに、
バッカス[1]のため、骰子をふる。[2]

3

まず、第一杯は　飲み代を払う奴を祝い
その酒を　皆が気ままに飲みつくす。
二杯目は　牢獄に囚われた奴のため飲み、
三杯目は　生きている奴のため飲み、
四杯目は　全キリスト教徒のため、
五杯目は　信仰篤い死者のため、
六杯目は　節操のない修道女のため、
七杯目は　森にひそむ脱走兵のため飲み干す。

4

八杯目は　俗物の修道士のため、
九杯目は　放浪の修道士のため、
十杯目は　船乗のため、
十一杯目は　喧嘩する奴のため、
十二杯目は　悔悛者のため、
十三杯目は　旅人のため、
教皇のため　国王のためにも、
誰も皆　無礼講に痛飲するのさ。

5

主婦が飲み　主人が飲む、
騎士が飲み　神父が飲む、
彼が飲み　彼女が飲む、
下女を相手に　下男が飲む、
早足が飲み　鈍足が飲む、
白人が飲み　黒人が飲む、

定住者が飲み　放浪者が飲む、
愚者が飲み　賢者が飲む。

6

貧者が飲み　病人が飲む、
追放者が飲み　異邦人が飲む、
子供が飲み　老人が飲む、
司教が飲み　司祭長が飲む、
修道女が飲み　修道士が飲む、
老婆が飲み　母親が飲む、
あの女が飲み　あの男が飲む、
百人が飲み　千人が飲む。

7

おごる奴が六人いても　飲み代《しろ》はすぐに底をつき
いかに　陽気に飲もうとも、
誰もが皆　勝手気ままに
きりもなしに　飲むために。

よって　皆がわれらを叱咤し、
われらは　素寒貧となり果てる。
われらを叱る奴らなど　われらともども
正しい人だと　褒め称えるな！

【訳註】

（1）主神ユピテルとフェニキア王カドムスの娘セメレーの息子で酒のギリシャ神話のディオニュソス神にあたる。

（2）「遍歴学僧（ゴリアール）」を含む中世の「路上の人々」は酒場で骰子賭博に興じて零落する人々が多かったが、高位聖職者や上級貴族等は慎むべきものとされた。

XIX　わが花の女神フローラよ　ピエール・ド・ブロワ（1）

1

木枯らしが　吹きすさみ

その凍てつく　寒さで、
この葉は　すっかりと
舞い散ってしまい、
森では　小鳥は囀りをやめ　沈黙する。
今や　万物の活力はなえて　春までは
胸の想いを　滾《たぎ》らせることはない。
しかし　わたしの恋は　いつも変わらず、
小鳥のように　季節が移り替わる
春までも　待ちきれはしない。
※見よ、この幸せな歓びを！
　この冬の季節に　わがフローラは
　えもいいえぬ甘美な報いを　恵むことか！

2

わたしは　長い間奉仕して(2)
射とめた　わけでもない。
わたしは　実に素晴らしい

贈り物に　報われたのだ。(3)
歓喜の報いを　受けたのだ。
フローラが　もの言いたげな
視線を送り　合図をすると、(4)
胸のなかには　一杯に
恋の歓びが　みなぎって、
恋の苦しみも　誇らしく思う。(5)
　※　ルフラン

3

幸運の女神が　わたしに味方し
やさしかった。
秘密の小部屋で
ふたりが　戯れていると、
恵み深くも　ウェヌスが助けてくれた。
ベッドには　一糸纏わぬフローラが横たわり、
その柔肌は　白く輝いていた。

乙女の胸は　純白にひかり、
ふたつの乳房は　わずかに成長し、
ほんの少しだけ　膨らみかけていた。
　※　ルフラン

4

あの柔らかな
胸の下には
わき腹が　しなやかに
腰まで　伸びていた。
その白い肌には　疵《きず》ひとつなく、
手触りも　なめらかに走る。
きゅっと締まった　わき腹の括《くび》れの下には
かすかに　丸みを帯び
小さなお腹《なか》には
かわいいお臍《へそ》が　浮き出ていた。(6)
　※　ルフラン

5

約束された　悦楽の期待が
わたしのアソコを　刺激する。
あの娘《こ》のモノは
年端《としは》もいかずに　うぶ毛すらも
まばらにしか　生えていない。
脚と大腿《ふともも》は　ほどよく肉づいて、
肌着を　まとい、
隠れた　ふたつの付け根は
なだらかに走って、
白く　輝いている。
※　ルフラン

6

わたしは　人間を越えて、
さながら　神のように
高処《たかみ》へと　崇めらたように、

誇らしく思う。
わたしの　祝福された手は
うら若い乙女の胸に　触れながら
あちこちら　まさぐって、
乳房のあたりに　辿りつき、
やさしく　愛撫しながら
ついには　彼女のアソコへと　下りていく。

7

おお、ユピテルが　偶然にも
この光景を　見たなら、
同じく　情火に燃えて、
いつもの奸計を　めぐらすだろう。
彼なら　黄金の甘露を降らして、
ダナエー[7]よろしく　また
牡牛に変身し　エウローパ[8]を犯したように、
あるいは　白鳥に転身し

レダに恋い焦がれたように[9]　この娘《こ》を
きっと　巧みにだまし込もう。
※　ルフラン

［訳注］

（1）ピエール・ド・ブロワ（一一三五年頃－一二一二年頃）は英国王ヘンリー二世の政治秘書として活躍した学者兼外交官で、王の死後は彼の寡婦であった有名なエレアノール・ダキテーヌに仕えた。彼はヘンリー二世の宮廷に於いても多くの作詩をした。その他の著作としては『告解について』*De Confessione* などがある。

（2）ここでは「宮廷風恋愛」の手続きに言及している。つまり、意中の貴婦人はこれによって恋の支配権を握り、求愛者は彼女のためにあらゆる労苦を果たして従順に奉仕する。

（3）古代・中世の文学伝統に従えば、恋愛は大抵五段階を経て進行するとされる。即ち、(1) 'spes'「希望」、(2) 'visus'「見る」、(3) 'osculum'「接吻」、(4) 'amplexus'「抱擁」、(5) 'coitus'「性交」である。

（4）恋人たちが無言で意思の疎通を取るのは常套手段である。「眉毛の動き」を利用することもよく見られる。

（5）宮廷風恋愛のこの特色について、大英図書館所蔵の *MS.Arundel 384* の中にある以下の抒情詩を参照のこと――「わたしは自分からその労苦に陥り、嫌がりもせずにそれに耐える。おお、その労苦と忍耐とは何と幸せなことか！」

（6）持続的に指小辞語（dimunitives）を連ねることで乙女の若さを強調している。

（7）ペロポネソス半島のアルゴスの王アクリシウスの娘で、ユピテルの愛を受けて海の神ネプツヌスの息子の海の老人ボルクスの三姉妹の一人で、特にみるものすべてを石に変えたと言われるメドゥサを退治したペルセウスを産んだと伝えられる。

（8）ユピテルはフェニキアの王女エウローペに恋に陥り、牡牛の姿になり背中に乗せて彼女をクレタ島へ連れ去ったと言われる。

（9）ユピテルがスパルタの王妃レダに恋をして、白鳥の姿に変身して交わったとされる。

XX　わが青春の放縦と悔恨　ピエール・ド・ブロワ

1

青春の　真っ只なかには、
わたしは　思いのまま、
何もかも　勝手放題に
振る舞ってきた。

わが欲望の　赴くままに
肉欲に　耽ってきた。

2

これからは　分別ある齢《よわい》ともなれば
こんな　勝手気ままな
行動や生きざまは　赦されないし、
こんな　放埓な生活も　やめにして、
なれ親しんだ　青春の放縦を
捨て去り　遠ざけるとしよう。

3

青春は自由奔放に
振る舞えと　わたしに勧告し、
教訓し　助言もし　奨励した、
「何ごともしたい放題に」と、
青春の一瞬《とき》には　何をしても

すべてが　許されたのだ。

4

わたしは　過去を振り返って
無謀にも　犯してきた罪を
思い留まり　悔い改めようと思う。
これからは　真剣に人生を志し、
犯してきた　多くの罪ゆえに、
功徳を積み　願うとしよう。

XXI　赤毛の宿屋の亭主　オルレアンのフーゴ・プリマス(1)

俺には、つねに友人と公言する宿屋の亭主がいて、
　口先だけは気前よく、実は名うてのけちん坊野郎さ。
そいつの名前を聞かれても　俺は明かしやしまい。

ただ言えるのは　赤毛の奴(2)というだけだ。
とびきり歓待され　迎えられたと思ったら、
俺は　欺瞞と陰謀だらけの巣窟へ　踏み込んだのだ。
皆が　この俺を　亭主の兄弟か　縁者かと思えるように、
それほど陽気に　一家も亭主も　大歓迎だ。
するとこの男　一連の恨みごとを言い並べ、
この俺を騙しては　こう罠を掛けようとする――
「プリマスよ、残念だが　君のご馳走は馬一頭しかないよ。」
これじゃ友情どころか　裏切りと欺瞞でしかない。
ある日　この旅籠に泊まっていると、
俺はいつになく　偶然に強い新種のワインを飲んだのさ。
贅沢な夕食後には　心地よく酔いもまわり　酩酊し朦朧として、
豪華なベッドに　身を横たえたくなった。
しかし　ずる賢い亭主は　微笑んで一瞥くれると、
千鳥足のこの俺が　その視線に頷くのだった。
「ふたりとも満腹で　早寝するのは健康に良くない。
さあ親愛なる友よ、サイコロ賭博で三ソリドゥス金貨(3)を賭けようや」とのたまう。

そして、俺の僅かな貨幣と　乏しい財布を狙って、
「どうぞ、あんたが先にサイコロを振りなよ！」と勧める。
　食後で気分も高揚して　さっそくサイコロを振ると、
大損をしたのさ、サイコロの目が凶と出たのだ。
　亭主が振ると、奴には大吉と出た。
こうして　哀れにもプリマスは　五ソリドゥス金貨も大負けさ。
　すると　ずる賢い手慣れた女中が　すかさずワインを運んで、
「咽喉が渇いて　死なぬようにグイグイ飲み干しなよ」と急き立てる。
　すると　それは無料《ただ》と思い込み　俺は飲み干した。
ところが　その飲み代は　法外な値を吹っ掛けるのだ。
　俺の頭はズキズキ痛み　ますます深くうなだれて、
俺の財布は　貨幣がチャリンと鳴る音が　さらに消えた。
　かつては　たっぷりあった俺の財布は　底をついて、
今や素寒貧で　ガマ口はじっと開いていた。
　不幸をもたらすデキウス神よ(4)　俺を身ぐるみ巻き上げた
あのペテン師ヤローなぞ　呪い給え！

【訳註】

（1）彼は十二世紀のラテン語抒情詩人で、オルレアン出身の学者であり、パリ大学の友人たちから「大司教」と冗談で呼ばれた。彼らは恐らく一〇九〇年代に生まれ一一六〇頃に歿した。「アルキポエータ」（大詩人）として有名な若い同時代人と共に、ラテン文学に新しい時代を画した詩人であった。

（2）'rufus'「赤毛の」人は本来人を裏切る人と思われていた。ここでは「ユダヤ人」を暗示する。

（3）コンスタンティヌス大帝が初めて発行したソリドゥス金貨であり英訳の一ギニーは二一シリングに当たる昔の金貨をいう。

（4）「デキウス神」（Decius）はサイコロ賭博の守護神をいう。

XXII

司教への恨み節　オルレアンのフーゴ・プリマス

プリマス　「あんたは司教のクズ、聖職者のカス、不潔なハレモノだ、この真冬の寒空に　毛皮なしのマントをくれるなんて！」

相棒　「着ているこのマントを　誰がくれたのかね？　それとも買ったのかい？　きみのモノかい？」

プリマス　「そう、俺のモノさ。だが、くれた奴が裏地を引きはがしたのさ」

相棒　「じゃ、誰がこれを贈ってくれたのかね？」
プリマス　「ある司教が　贈ってくれたのさ」
相棒　「これを贈った人は　葬式の悔やみにくれたのさ。毛皮の裏地なしのマントなど、真冬は無用の長物さ。ほら、今にも雪が降り出し、凍え死に、生きてられないよ」
プリマス　「毛皮の裏地もない　哀れな薄手のマントよ、どうか北風を防いで、極寒からこの俺を守っておくれ！　身を切る寒風に凍え死なぬように、わが身の楯となっておくれ！　おまえのお蔭で　俺はどうにか北風に耐えられると思うから」
マント　するとマントは答えた。「ぼくには毛皮も羊毛もついていません。ぼくには毛皮がなく軽く、羊毛もなく薄っぺらです。身を切るような北風が　槍のように吹き抜けて旦那の身を刺すでしょう。寒風が荒れ狂っても　隙間だらけの僕を吹き抜けて、ボロボロの穴から吹き抜けて　旦那の脇腹は凍えるでしょう。」
プリマス　「だが知っての通り　今は真冬の寒さだよ」
マント　「いかにも、だって旦那は寒さで呻いていますもの。だが、わたしが毛皮で裏張りしないと、旦那はわたしを信頼しません。
旦那のプリマスさま、どうすべきかご存知ですか？　どうか毛皮を買い　ボロボロの裂け目に縁飾りをしてください！
毛皮で裏張りなされば、わたしは旦那をしっかり防寒します。

わたしは心から旦那に同情し哀れに思います。そうなさればわたしは旦那の命令に従いましょう。わたしはヤコブであってエサウ[1]ではありませんから」

［訳註］

（1）「創世記」21：11参照「しかし、ヤコブは母リベカに言った。でもエサウ兄さんはとても毛深いのに、わたしの肌は滑らかです。」参照。

XXIII　オルペウスとエウリディケー　オルレアンのフーゴ・プリマス

オルペウスが[1]　互いに愛し合うエウリディケー[2]と契りを結ぶと、
母なる女神カッリオペー[3]は　ふたりの婚礼を寿ぎ歌う。
だが、その三日目に　その祝婚は哀しみの宴へと暗転した。
というのは、散策する花嫁が　足裏で蛇を踏みつけると、
蛇は　弱りながらも口を開け　彼女の足に嚙みつくと、
彼女は深手を負い　ふたりの歓びを奪い去った。

蛇は踏まれると、新妻はその毒牙にかかり、草叢に傷付き横たわる。
オルペウスはそれを見て顔蒼ざめ、自分が先に死ぬ思いであった。
彼は恐怖で顔面蒼白となり、妻や蛇に劣らず微動だにしない。
彼に何ができようか？　泣くこと？　否、泣いたとて何になろう。
男とは泣かぬもの。それで、彼は妻の屍をみて埋葬を命じ、
その傍《かたわ》らに佇《たたず》み　かくも美しい妻の亡骸を前に悲嘆に暮れた。
彼女の体は墓石で蔽われ　魂は黄泉《よみ》の国へと赴いた。
オルペウスは　泣き濡れても甲斐なしと悟り　竪琴だけを信じていた。
遂に　彼は心の底で　大胆にもこう思いついた。
「竪琴の楽の音《ね》は天上の神々に　高く賞賛されている。
神々が父の竪琴を聴き　大いに父を敬愛された。
よって、プルートよ、あなたも竪琴の歌に心癒されるでしょう。
詩の女神アルケーが歌で神々を慰めたように、わたしは運命の女神パルカの心を癒そう」
すると　彼は竪琴を調律した。音色を合わせ、音階を繰り返して、
四本の指と　熟練した親指でその弦楽器を爪弾いてみた。
そして　彼は竪琴を調律した。音色を合わせ　音階を繰り返し整えて、
四本の指と　熟練した親指でその弦楽器を爪弾《つまび》いてみた。

そして　彼は竪琴を信じ、妻の幻を求めて冥界へ下る決意をした。
彼はギリシャ人が「悲哀」と呼ぶ川[4]のほとりに佇むと、
渡し守[5]に船賃を払って乗り込むと　満員の船が自分の重みで
傾かぬようにと　注意して座った。
こうして彼はアケロン川を渡って　竪琴を手に取り、
冥界の前に立つと　王[6]の審判者たちがいた。
王は　死者たちの生前の不埒な行いに審判を下していたが、
一体何者であり　何の要件かを　直ちに述べるよう命じた。
すると　オルペルスは促されるまま　竪琴の音に合わせ、
口を開いて話し始めると、　群衆も主人も一斉に沈黙した。
「先ずは　冥府の主人プルート王よ、ご挨拶申し上げます。
この深淵の領土は偶然にも末弟タル陛下に譲り渡されました。
しかし　最後の王冠が　偶然にも陛下に譲り渡されて、
陛下が最後の王[7]であられても　われわれが最も恐れるのは　陛下の審判です。
今は現世で生きていようとも　われわれは早晩ここへ
戻ってきて、厳正なる審判者の声によって、
現世の罪により罪人となり　功徳により罪なき者となりましょう、

善人であれ悪人であれ　われわれは誰もが　この道を辿ります。
生身の人間がここへきたのを　廷臣たちは皆きっと驚かれるでしょう。
彼らは知らずとも、陛下は神であられますからご存知のはずです。
わが妻への愛ゆえに　わたしは現世から降りて参りました。
妻は病のためではなく　不慮の残虐な死に遭いました。
わが歌と　偉大な王への奉仕ゆえに　お聞きください。
この壮大な宮殿から　わたしを何の褒美もなく追い返さないでください。
わたしの願いはささやかで、ただ妻に戻るよう命じてほしいのです。
陛下が牢獄に繋ぐわが妻を　竪琴を弾く報いとして釈放してください！
束の間の猶予を求めるだけで　永遠にとは申しません。
儚い生の歓びが過ぎ去れば　わたしは妻と共にここに参ります。
人びとを引き離す死は　ここではふたりに償いをさせるでしょうから」

［訳註］

（1）オルペウスの物語を扱ったいくつもの中世の文学の中には妻を冥界からの奪還に成功する物語がある。中世後期の一三二〇年頃の「ブルトン・レ」に属する中世英文学の作品である *Sir Orfeo* では、イングランド王オルフェオの妃ヘウロディスが死の国の王によって連れ去られる。しかし、十年の放浪の後にようやく死の国を捜しあて、竪琴弾きに扮して妃を連れ戻すに成功した物語となっている。
（2）ギリシャ神話に登場する森の木のニンフである。オルペウスと結婚する新婚早々にアリス・タイオスに襲われて逃げる最中に毒蛇に噛まれて死亡した。
（3）大神ゼウスとムネーモシュネの九柱のムーサエの長女で叙事詩を司る。
（4）冥界の川アケローンを指す。
（5）冥府の三途の川の渡し守カローン（Charon）を指す。
（6）冥界の王ハーデス（Hades）の呼称であるプルトーン（Pluton）を指し、ローマのディース神（Dis）に当たり、いずれも語源的に「富み」を意味する。
（7）プルートンは天上界の神ユピテル（Juppiter）、海の王神ネプチューン（Ne-Ptune）の三兄弟の末弟とされる。

XXIV　船旅の恐怖　オルレアンのフーゴ・プリマス

1

アイオロスよ、(1) おだやかに頬にそよぐ　春風を吹かせて、
荒れ狂う疾風を　牢獄に繋ぎおき給え！

西風[2]が南風[3]を伴い　牢獄から解き放され、
雨を降らす雲もなく　南西風[4]をそよがせ給え！
荒波をもたらす　凍てつく北風は　しばらく凪《な》いでほしい、
イマルス[5]が陰鬱で貪欲な海原に　飲み込まれぬように！
イマルスに海の旅が　難儀にならぬよう順風が吹いて、
西風に恵まれて海も晴れ　貴重な荷物も無事でありますように！

2

陸路の旅は怖くないが、船旅には耐えられない。
「なぜ海が怖いかって？」海路は恙《つつが》なく進めないから。
突風で海が荒れると　船が沈みやしまいかと恐れる。
海鳥が飛ぶように　船は深海を疾駆して、
鳥のように　翼に乗って大海原を疾駆して、
翼ある船も　潮の波も　俺は怖いのだ。
暗礁に乗り上げたら　その船は「されど汝船は[6]」となり、
粉々に砕けて　荷物はすべて海の藻屑と消え果てよう。アーメン。

〔訳註〕

（1）「アイオロス」（Aeolos）とは主神ユピテルの息子の「風の神」を言う。

（2）ここでは「西風」とは「ファヴォニウス」（Favonius）で、「春風」の「ゼフュルス」（Zephyrus）にあたる。

（3）「南風」とはアフリカから地中海に向って吹く熱風で「アウステル」（Auster）を言う。

（4）「南西風」とはアフリカから吹く春をもたらす風で「アウストロー・アフリクス」（Austro-africus）を言う。

（5）多分、ベネディクト会修道士イマル（Imar）を指すものとされる。彼はポワティエ（Poitiers）のモンティルヌス（Montierneuf）の大修道院長で、後に枢機卿となった。

（6）'Tu autem, Domine, miserere nostri'「されど汝、主よ、われわれを憐れみ給え」の文句は、説教の終りを意味し、人々に「去れよ」という意味で用いられる。

XXV　わが無情の恋人フローラよ　オルレアンのフーゴ・プリマス

五月[1]の中ごろに　哀れにもメネラウス[2]のように、
わがフローラは誘惑されて　俺は誰とも知らず泣いていた。

花の季節に　わが花の至高の花なる
フローラが　寝室から姿を消すと　俺は涕《なみだ》して悲嘆にくれた。
わがフローラよ、おまえがいないと、心痛と怒りが収まらず、
おまえが戻らねば　わが慨嘆と苦悩はやむことがない。
愛おしい恋人よ、帰ってきて　あの厭うべき仲間らを追い払うため、
なぜおまえの姿を　見せてくれないのか。
俺は　陸も海もくまなく彷徨《さまよ》っている。日々に静心《しずごころ》なく、
夜を徹して一睡もせず、牢獄よりも不自由の身である。
俺の生活はどんな囚人より貧しく乞食や逃亡者さながらに、
両頬は涕で濡れて　おまえがやさしい手で
拭いてくれなければ　たえて乾くこともない。
おまえが帰ってくれれば　俺は安堵して仕合せとなろう。
そのときには　俺はキュルス(3)やフラーテス(4)より偉大な詩人になり、
首座大司教や　諸王の地位や富を凌駕するだろう。
もし　おまえが身を潜《ひそ》めて　誰か他人《ひと》の家にいるなら、
俺を待たせず　ためらわずにすぐ出てきておくれ。
卑怯な下衆《げす》野郎が　金銭《かね》でも積んで、おまえを連れ去ったのだろう、

俺の悲しみなど　少しも分からぬ奴めが。
一度番《つがい》となって見捨てられ、もはや互いに愛し合おうとしない
雉鳩(5)が　海のかなたへ飛び去っていくように、
俺は方々へ彷徨《さまよ》い歩き　侘しく唯ひとりベッドに寝入る。
俺は遠謀をたくらみ　恋人《つれあい》を変えたくはないのだ、
生まれつき恥じらいを持つ　忠実なキジバトの慣《なら》わしだから。
たとえ残酷な死が　愛する妻を奪っても、
再婚するなど　思いもよらぬこと。
しかし　卑劣な詐欺師よ　君は涙するこの俺をみて嘲り笑い、
ひとり寝をたえてせず　軽薄な鳩たちと群れ集い、
性欲の赴くままに　新たに婚姻の床を変えようとする。

［訳註］

（1）「五月」はヨーロッパ文学の伝統的な「恋の季節」を表わす。

（2）メネラウスはペロポネソス半島のアルゴスとケーナイの王アトレウスの息子でスパルタの王。彼はアガメムノンの弟でヘレーナの夫である。妻のヘレーナがトロイアの王子パリスに略奪されたことが「トロイア戦争」の遠因になったとされる。

(3) キュルスはペルシャ王朝の創始者(紀元前五六〇年)。
(4) フラーテスはカスピ海東南地方に棲んでいたスキタイ族の一人種パルティー人の国パルティアの王。
(5) 雉鳩は鳥綱ハト目ハト科キジバト属に分類される鳥で、別名ヤマバトと言う。

XXVI　プリマスの不平　オルレアンのフーゴ・プリマス

1

かつて俺は裕福で　誰にも愛され
仲間たちには　持てはやされた。
しかし　今や老齢で腰がまがり、
無惨にも　老いさらばえた。
こうして　俺は貧乏となり　皆に侮られて、
零落した奴らにさえ　疎んじられる。
胸はかすれ声で　咳き込み、
寝床も粗末で　残飯をあさり、

誰にも愛されずに　孤独に生きて、
その容貌に　戦慄すら覚える奴らにさえも。

2

嘘つきで　無節操な
不誠実で　俗悪な男の
年老いた　宮廷付き司祭は
この俺を　追い払ったのだ。
奴は　老い耄《ぼ》れの俺を　むんずと摑んだ。
奴こそは　ダキア人(1)と呼ぶべきだ。

3

たしかに　かつて俺をだまして
かわいがり、溺愛もしてくれた。
しかし　俺の財布を身ぐるみ剝ぐと、
奴は　欺瞞の本性を顕わにした。
プリマスは　奴を警戒もせず

その陰謀にも　気付かなかった、
奴の家から追放され　出ていくまでは。

4

俺の財布に　貨幣がジャラジャラ唸っている間は、
奴は俺には　心から親切を尽くして、
「兄弟よ、わしはあんたが　大好きさ」と、
神妙にも　言ったもんだ。

5

奴の甘言に　騙されたのだ、
俺が銀貨を　すべて搾取されると、
惨めにも　苦しみもがいて、
即刻　摑み出されて、
わが身は　冷たい夜露と夜風に晒《さら》された。

6

今や俺は　風と雨にうたれて、
さらに惨めな生活に　引き戻され、
目的《あて》もなく　彷徨《さまよ》っている。
されば　俺はさらなる厳罰に値し、
ユダのように　首吊り自殺も同然だ。
わが身を　裏切り者に売り渡し、
あんたら　学僧仲間らの
実に気高く　優雅な体面を
貶《おとし》めて　しまったからには。

7

夜の帳《とばり》が下りると　宦官《かんがん》でなくなる(2)
あの裏切り者に　わが身を委ねる間に、
「生命《いのち》の書」(3)から　搔き消された。
俺は　自ら軽率にも　堕落したのだ。
避けえなかったのが　悔やまれる。

8

俺は　あまりにも軽率な振る舞いをして、
わが身を　かかる不幸のどん底へ　陥《おとしい》れたが、
自らわが身の首を折ったが　自業自得だ。
俺は　皆の集会から離れて、
長い間　仕えてきた
天の王から　遠ざかり、
粗末な衣裳を　身にまとい、
堕落した奴に　仕えたのだから。

9

俺は道を踏みはずしたが、主なる神よ、
この罪人を　憐れみください！
今では　いつも涙に暮れています、
心のなかで　わが罪を悔いながら。

10

俺は　わが罪を嘆き涙するが、
それは　当然至極のことです。
しかも　いかに嘆いても詮《せん》なきこと、
あなた方の　美徳と
兄弟さながらの　慈悲を想い起こせば。

11

おお、プリマスの運命は何と過酷で、
何という逆境へと　突き進むことか！
祝福された人からは　引き裂かれ、
零落した人びとを　道づれにして、
あなた方の　恵みだけを信じ
極貧の重荷を　背負いゆくとは。

12

ああ！　貧困の重荷を　友として、

今や　わが畑も　土地も
世界中を　わが住み処《か》として
ジプシーさながら　俺は放浪する。
かつては　俺も懐が温かく　仕合せで、
才気渙発、弁舌の才にも恵まれ、
冗談を飛ばし　陽気な奴だった。
かつて　第一人者《プリマス》でも、今は零落者(4)となり、
哀れにも　モノ乞いをする身とは！

13

今や　乞食と成り果て、学僧仲間たち以外に、
どこへ生活の糧を　求めえようか。
ピエロス(5)により　教育されて、
ホメーロス(6)にも通暁した　このわが身は？
しかし　朝早くモノ乞いに出かけ、
夜遅く　帰ってくる　この俺は
やがて　あなた方の重荷になるのを　ひどく恐れる。

14

この俺は　厄介者でも　どこへ行けというのか？
かとて　俗人のもとへ　出向くわけにもいかない。
かくて　俺は飲み食いさえも　ままならない。
よって　腹は空《す》いてへこみ、
つつましい食べ物で　満足し、
菓子の一片《ひとかけら》で　空腹を満たす。
俺が　餓死でもしたなら、
その罪は　あなた方の所為《せい》となろう。

15

今や　われらの口論の原因《もと》を、
季節はずれに　奴が俺を追い出した
その理由《わけ》を　聞きたかろうか？
聞いて　退屈しないなら、
手短に　説明もしよう。

仲間たちの返答——
われらは　君の痛快きわまる
竪琴の音[7]を　聞きたいものだ。

16

プリマス——
ある片足の不自由な　わが兄弟《はらから》が
手荒にして　無惨にも
同じ家から　捕虜か戦利品さながら
革紐で　戦車に繋《つな》がれ、
ガニュメーデース[8]のように
ウィレムス[9]に　追い出されたのだ。

17

(彼は　足が不自由だったので)
手加減される　べきであったたが、
わが兄弟は　身体をひどく傷つけた。
彼は　主人の悪口を　ひとことも言わぬが、

その命令には　従わなかった。
この男は　靴を履いて　着の身着のまま、
泥のなかへ　放り込まれた。

18

跛《びっこ》の友は　泥のなかへ
放りだされた。
彼は大声でわめくので、俺は助けようとした。
そうしても　安全と思ったが、
俺も一緒に　泥のなかへ放り込まれて、
挙げ句の果てに　ふたりとも泥まみれだ。

19

俺はわが友もろとも　すってんころりん、
突き飛ばされ　真っ逆さまに泥に倒れた。
親切さゆえに　この始末だが、
誰も助けてくれずに　ウィレムスに味方した。

20

皆が　ウィレムスを応援して、
カナン人(10)も　ペリジ人(11)も一緒に加勢し、
潔白で　何の罪もない
わが兄弟を　扶《たす》けもしないで、
俺の味方は　主なる神しかない。

21

そのとき　俺は唯ひとり　涙に咽《むせ》んで、
主人の　あまりに残虐な振る舞いと、
年老いた　わが友の惨めさに慨嘆し、
ついに　涙が頬を伝わったのだ。

22

誰もが涙を流し　悲嘆に暮れなかろうか、
娼婦を誘惑し、
他人妻《ひとづま》や　乳母をかどわかし、

托鉢僧には　怒り狂い、
老残の身の　かたわ者には乱暴狼藉と、
かくも不埒な　振る舞いをする
破廉恥な　司祭がいても？
しかも　その年老いた不具者は
泥のなかへ　投げ飛ばされると、
あたりに　響きわたる大声で、
助けを求めて　友を呼んだ。

23

しかし　誰一人助ける者とてなく、
司祭は　憐れみの一片《ひとかけら》さえ　見せなかった。
こうして　その不具者は　見捨てられ、
身体中が　泥にまみれて、
どう歩き出すかも　決めかねていた。

24

俺は　脚が悪く　背丈も縮んだ老人で、
進退窮まる兄弟に　仕向けた
かかる卑怯な振る舞いを　ひどく非難した。
そして「何たる卑怯な悪行を！」と叫ぶと、
俺も咎《とが》められ　蹴飛ばされる始末だ。

25

それからは　あの卑劣な司祭の命令で、
俺は家のなかで　寝起きをし、
酒を飲み　飯を食うこともない。
あの奴は　教会に寄進された賽銭《さいせん》を、
「寛大な人」との世評を得るため、
パラメデース(12)に　注ぎ込み、
ガニュメーデース(13)に　惜しみなく費やし、
さらに　親族に施すか、
竪琴の奏者らに　浪費する。

26

さあ　わが兄弟たちよ、厳正に審判を下し、
プリマスを贔屓《ひいき》して　心曇らせ、
真実から眼を逸《そ》らさずに　教えてほしい、
この司祭は　その聖職位に値するのか、
それとも　節操のない老人のために
その権限を　奪われるべきか、
はたまた　あの司祭は　あらゆる善行や
神の慈愛も信心すら持たずに、
あらゆる汚濁に　まみれて、
憐憫の情すら　一切かなぐり捨てて、
その名声　世にあまねく知れわたる
このプリマスさまを　かくも卑劣に扱ったのだ。
さあ、兄弟たちよ　審判を下してほしい！

[訳註]

（1）「ダキア人」とは現在のルーマニアにあたるダニューブ川の下流流域に棲んでいた勇敢な種族を指

す。ここでは殉教者ヴァンサン（Vincent）を迫害者に喩える。

（2）「宦官《かんがん》」とは去勢された男を指すが、ここでは堕落した同性愛者としての聖職者を批判している。

（3）「生命の書」とは天国に入るべき人の名を記したもの。「ヨハネによる黙示録」3：5参照。

（4）詩人はここで誉れ高い自分の名「プリマス」（第一人者）が「セクンドゥス」（追随者）に成り下がったことを自虐的に描いている。

（5）「ピエロス」とはマケドニアのペラの王で、九人の娘たちをいわゆる女神の詩神である「ムーサエ」（Musae）と命名した。ここではプリマスは詩人としての矜持を含意する。

（6）プリマスがホメロスにも精通していたことは、ギリシャ語を操ることを意味し、いわゆる〝ゴリアルドゥス〟と言われる遍歴学僧たちは「十二世紀ルネサンス」期に誕生したとされる〈知識人〉という人種の典型を示す。

（7）「痛快なる竪琴の音」とはゴリアール族による高位聖職者の退廃の厳しい批判を意味する。

（8）本来はトロイアの王トロス、またはラオメドンの息子であったが、主神ユピテルがイダ山から天界に奪い去り自分の媒酌人にしたと言われる。しかし、中世ヨーロッパ文学において彼は通常は同性愛者として扱われる。

（9）ウィレムス（＝ウィリアム）は宮廷付司祭（カペラーヌス）の提灯持ちの役として描かれている。

（10）古代パレスチナの地域にイスラエル人より以前に住んでいたセム系住民で、エホバ以外の神を信仰していた異教徒。「出エジプト記」23：23－24参照。

（11）古代セム系の人種のペリジ人で、彼らもエホバとは別の神を崇めていた。

（12）パラメデースはエーゲ海最大の島であるエウボエアの王ナウプリウスの息子で、トロイア戦争ではユリシスの計略により死んだとされる。また彼は骰子遊びの考案者とされ、ここでは中世で人気があった骰子賭博を意味する。
（13）右記［訳註］（8）を参照。

XXVII

ゴリアスの懺悔　ケルンのアルキポエータ(1)

1

心のなかに　はげしい
怒りが　わきあがり、
いらだちの　あまりに
わが心に　向かって言う、(2)
俺は　軽い元素から
つくられた　モノ、
強風に　もてあそばれる

木の葉　さながら。(3)

2

堅固な岩を　土台にして
家を建てる　ことこそが
賢い人の　性《さが》というのに、(4)
おろかにも　この俺は
往きては帰らぬ　小川にも
譬《たと》えられようか、
いつも変わらず　空の下を
留まることなく　流れゆく。

3

水夫《かこ》のいない　小舟のように
あてどなく　俺はさまよい歩く、
大空を　気ままに飛びまわる
渡り鳥　さながらに。

鎖で　縛られることなく、
鍵で　拘束されもせず、
俺は　同じ仲間らを捜し求め、
悪人どもと　同盟をむすぶ。

4

俺には　心労などは
由々しく　滑稽なこと、
戯れこそが　心たのしく
蜂蜜よりも　甘美なものさ。(5)
ウェヌスが　命ずることは
すべてが　なにより心地よく、
愛の女神は　心卑しい人には
けっして　住みつかぬものだ。

5

天下の公道を　俺は進む(6)

若人の　気概を抱いて、
　悪徳に　わが身を浸し、
美徳など　すっかり忘れて、
　救済を　求めるよりは
欲望を　貪りながら、
　魂は　まったく死に果て、
肉体の歓びだけを　心に描く。(7)

6

　いとも賢い　大司教(8)さま、
俺は猊下に　お赦しをねがい、
　立派な　最期を遂げてみせます、
甘美な死罪に　処されても、
　乙女たちの　美しさに
俺の胸は　疼《うず》きます、
　手に届かぬ　女子《おなご》なら
せめて心のなかで　犯します。(9)

7

　男の本性《ほんしょう》を　抑えてまで
乙女たちを　ひとめ見ても
　わが心が　汚れなくあることは
なんと　至難のわざであろうか。
　われら　若者は
不粋な規則など　守れやしない、
　しなやかな　女体《にょたい》の魅力に
心惹かれずには　いられないもの。

8

　いったい誰が　火に投げ込まれて、
その炎に　身を焦がさぬ者がいようか、
　いったい誰が　パヴィア[10]に滞在して、
身も汚れなく　いられようか。
　ここでは　ウェヌスの女神が手まねきし、

若者たちを　駆り立てようともくろんでは、
　流し目をして　罠《わな》にかけ、
妖艶な表情で　誘《おび》きよせる。

9

　今日　ヒポリトゥス(11)を
パヴィアに　つれてゆけば、
　明日には　ヒポリトゥスでは
なくなって　いよう。
　つねに　すべての道は
ウェヌス女神の　寝床に通じ、
　あまたの塔が　あるなかで、
アリーキアの塔(12)など　見あたらぬ。

10

　ふたことめには、賭けごとを
すると言っては　せめられる、

　しかし　賭博で
身ぐるみ　すったときには、
　身体は　寒気で凍てつくが、
心は　熱気で汗をかき、
　すると　前にもまして
すぐれた詩歌を　紡ぎだすのさ。

11

　三つめには　いつも酒場を
想い出して、どんなときにも
　俺は酒場を　忘れなかったし、
これからも　決して忘れはしない、
　聖なる天使が　訪れて、
死者のため「永遠の魂の平安を」(13)と
　ミサを　歌うのに
気がつく　までは。

12

どうか　臨終《いまわ》のきわには
ブドウ酒を　口に含んでほしい。(14)
すると　天使の聖歌隊は
陽気に　歌うであろう、
「神よ　この飲んだくれを
憐れみ給え！」(15)と。

13

酒杯を　重ねるたびごとに、
わが魂の炎は　赤く燃えたち、
神酒《うまさけ》をおびた　わが心は
天高く　飛翔する。
酒場で呑む　ブドウ酒は、
わが大司教の　酌取りが
水で薄めた　モノよりも、
はるかに　甘美な味がする。

14

詩人の　なかには
社交の場を　避け、
　人里はなれた　隠れ家を
棲《す》み処《か》とする　者もいるが、[16]
　奴らは苦しんで　徹夜をしても、
僅かなものしか　仕上がらず、
　ついには　すぐれた詩など
創り出せずに　もがき苦しんでいる。

15

　これら一群の　詩人らは
断食をし　禁酒もするが、
　彼らは　騒々しい論争すらも
社交の場での　喧騒も避けて、
　ひとえに　後世に遺る
傑作を　書こうとして

つねに　労苦に苛まれ、
熱意むなしく　死んでゆく。

16

自然の女神は　誰にでも
その人独自の　贈り物を与える。(17)
ひもじいときには　この俺は
一行の詩片すら　書けなかったし、
餓えれば　子供ひとりにさえも、
この俺は　たちまち敗けるだろう。
喉の渇きと　空腹を
わが葬式　さながらに
俺は　心から忌み嫌う。

17

自然の女神は　誰にでも
その人独自の　贈り物を与える。

　俺が　詩作するときは、
上等のブドウ酒を　飲んで書く、
　しかも　酒場の主人が樽から
汲みだす　極上モノのブドウ酒を。
　かかるブドウ酒を　飲んでこそ、
芳醇なる言葉が　湧《わ》いてくるのさ。

18

　俺の詩歌の　味わいは
飲むブドウ酒の　風味をおびて、
　食べ物を　たらふく摂《と》らなければ、
俺は　何にひとつ詩も書けないし、
　腹がへっては　詠むものは
いずれも　駄作ばかりだが、
　酒杯をかさねて　書くものは
ナーソー[18]をも　凌ぐ逸品さ。

19

俺には詩人の魂が
いかなるときも　湧いてはこない、
　わが胃袋が　書く前に
十分に　満ち足りていなければ。
　酒神バッカスが
わが脳の砦を　占領するや、
　フォエブス[19]が　俺の中に入り込み、
不思議なことを　話しだす。

20

　見よ、俺は堕落した
わが生活を　後悔した
　猊下に仕える　人びとは
それゆえ　俺を責めたてる。[20]
　しかし　彼らは誰ひとり
自ら懺悔する者など　いやしない。

彼らも　賭け事を愉しんで、
世俗の享楽に　耽りたいのに。

21

さあ、祝福されたわが主人
大司教さまの　眼の前で、
主なる神の　掟である
聖書の　訓えにしたがって、
俺に　石のつぶてを投げつけて、
詩人などは　容赦するな、
自分の心を　顧みて、
罪の覚えの　ない奴は。(21)

22

俺はわが身の不利を顧みず
犯した罪を　すべて懺悔し、
長く心の奥に　抱いていた

毒をあらいざらい　吐き出した。
　昔の暮らしには　嫌気がさして、
今は　新しい生き方が喜ばしい。
　人は皆　外見にだけ目をひかれるが、(22)
ユピテル(23)は　心のなかを見通すのさ。

23

　今や　俺は美徳を讃えて、
悪徳には　怒りを覚える。
　俺は　心から悔悛して、
魂も　生まれ変わり、
　あたかも　生まれたての赤子が、
真新しい母乳を口にふくみ　育つように(24)
　されば　もはやわが心は
うつろな壺では　なくなるだろう。

24

ケルンの大司教(25)に選ばれたお方よ、
悔い改める者を　赦し給え、
宥《ゆる》しを　乞う者に
憐れみを　垂れ給え、
その罪を　懺悔する者に
贖罪を　与え給え！
猊下が何を言おうが、心から喜んで、
俺は　耐え忍びます。

25

百獣の王の　獅子でさえも、
服従する者を　進んで赦し、
彼らに　思い遣りを示して、
直ちに　怒りを収めます。
ゆえに　この世を支配する諸侯たちよ、
貴方がたも　そうお振る舞いください(26)！

甘さが　少しでも不足すれば
人は誰もが　辛すぎると嫌うものです。

［訳註］

（1）神聖ローマ皇帝フリードリヒ一世赤髭王（一一五二〜一一九〇年）の第一秘書兼ケルンの大司教でもあるライナルト・ダッセルの庇護を受けたアルキポエータ（大詩人の意味）は、騎士階級の出身で学問に専念しながらも聖職者とはならず、方々を遍歴しながら作詩し、自らを'vates Vatum'「詩人のなかの詩人」と称揚した。事実、中世ラテン文学において、フランスのオルレアンのフーゴ・プリマス（第一人者）やシャティヨンのゴーティエ、ブロワのピエール、イギリスのウォルター・マップ等と共に文学的香気の高い叙情詩や叙事詩を後世に遺した。彼はまた謎の人物「ゴリアス」自身と同一視されることもあった。

（2）「ヨブ記」10：1「わたしの魂は生きることをいとう。嘆きに身をゆだね、悩み嘆いて語ろう」参照。

（3）「ヨブ記」13：25「風に舞う木の葉のようなわたしをなお震えさせ、乾いた籾殻のようなわたしを追いまわされる。」参照。

（4）「マタイによる福音書」7：24「そこで、わたしのこれらの言葉を聴いて行う者は皆、岩の上に自分の家を建てた賢い人に似ている。」参照。

（5）「詩篇」19：11「金にまさり、多くの純金にまさって望ましく、蜜よりも、蜂の巣の滴りよりも甘い。」参照。
(6)「マタイによる福音書」7：14「命に通ずる門はなんとなく狭く、その道も細いことか。そして、それを見いだす者は少ない。」に対する抗弁である。
(7)「テモテへの手書二」3：4「人を裏切り、軽率になり、思い上がり、神よりも快楽を愛し……。」参照。
(8)アルキポエータの庇護者でケルンの大司教ライナルト・フォン・ダッセルのこと。
(9)「マタイによる福音書」5：28「しかし、わたしは言っておく。みだらな思いで他人の妻を見る者は誰でも、既に心のなかでその女を犯したのである。」参照。
(10)イタリア北部のロンバルディア地方の街で、「百の塔の街」と言われ、当時淫らな街として悪名が高かった。
(11)ギリシャ神話でヒポリトゥスはアテナイの王テーセウスの子で、義母パイドラーの求愛を拒絶したため、その遺書の讒言に怒った父の訴えにより、海神ポセイドンに殺された。
(12)月の女神で処女性と狩猟の守護神ディアーナが、主神ユピテルの怒りからヒポリトゥスを隠した塔のこと。なお、ニンフのアリーキアはヒポリトゥスの妻である。
(13)死者のためのミサの言葉を指す。
(14)オウィディウスの『恋の歌』II.10.35 ff,「わたしが死ぬときには、恋の苦悩で痩せ衰えますように。」と、恋に対する同じ願望を歌っている。
(15)「ルカによる福音書」18：13「徴税人は……胸を打ちながら言った。『神様、罪人のわたしを憐れんでください。』」参照。

（16）ホラティウスの『書簡詩』II. 2：77「すべての詩人たちは森を愛して都会を遁れる。」参照。

（17）「コリントの信徒への手紙一」7：7「人はそれぞれ神から賜物をいただいているのですから……」参照。

（18）Publius Ovidius Naso（43B.C-A.D.17）、すなわち古代ローマの大詩人のオウィディウスを指す。

（19）太陽神としてのアポロンの別名で、詩と音楽の守護神でもある。

（20）「箴言」18：17「訴えごとを最初に出す人は正しく見える」

（21）「ヨハネによる福音書」8：7「あなたたちの中で罪を犯したことのない者が、まず、この女に石を投げなさい。」

（22）「サムエル記上」16：8「人は目に映ることを見るが、主は心によって見る。」

（23）ラテン語の原語ではJoviであるが、これは脚韻のためであり、ここでは主なる神の意味である。

（24）「ペトロの手紙一」2：2「生まれたばかりの乳飲み子のように、混じりけのない霊の乳を慕い求めなさい、これを飲んで成長し、救われるようになるためです。」参照。

（25）詩人の庇護者のケルンの大司教ライナルト・フォン・ダッセルへの呼びかけ。

（26）オウィディウスの偽作とされる『世界の不思議な事々について』*De mirabilibus mundi* に次の表現がある。「ライオンの気高い怒りは打ち倒された餌食たちに手控えることを知っている。この世を支配する者は誰であれ、汝もまた同じく振る舞い給え。」

XXVIII

アルキポエータの諫言　ケルンのアルキポエータ

1

わたしは弁舌が冴えず　才知にも長けていないが、
博学の人たちへ　申し上げよう。
話す術さえ知らず　もの申すのは、
傲慢さゆえではなく　やむに止まれぬため。

2

主なる神の　御言葉によれば、
善人に　値する振る舞いとは
大人が子供を、健康な人が病人を、
賢人が愚かな人を　支えること。

3

わたしが　灯火を枡の下に隠して、(1)
罪人となり　疎んじられぬためにも、
敬虔な心から　世の人びとに
赤裸々なわが思いを　語ることにする。

4

しかし　あなた方が　長話に辟易し、
聴衆が　退屈のあまり居眠りし、
話の途中で「されど汝……」(2)と言わぬためにも、
簡潔に　話すことにしよう。

5

神は　失楽した人間に
永遠の至福を　取り戻そうとして、
神の似姿なる人間に　聖処女の御母《みはは》を通して
神の御言葉を　送られた。

6

こうして　神格と人格が結ばれ、
主人と　奴隷とが和合して、
生命と死　光と闇が繋《つな》がれ、
悲惨と至福とが　一体となった。

7

われわれは　こうなったことを
自ずとではなく　神の力により知る。
霊的に　眼を見ひらいている人びとは
その原因を知らずとも　その理由《わけ》を知っている。

8

すばらしい技術《わざ》と　熟慮を重ね、
流浪のなかに　さ迷える
羊の群れを捜すとき　善き羊飼いは
神の子の声で　われわれに話しかけた。

9

主は　御子を通して　自らの心にある
聖なる意匠を　世の人びとに告知された。
「さ迷える異教徒らが　偶像崇拝をやめ
主なる神を　知るべし」と。

10

主は　詩人たちの噺《はなし》に心魅かれた
人たちには　真理の掟を教えられた。
そして　多くの印《しるし》と奇蹟(3)によって、
異教徒らに　真の信仰を授けられた。

11

人間の空想は　沈黙するがよい。
何ごとも秘匿されず、今や万事が明白である。
賢者ではなく　主なる神の叡智によって
隠された運命が　啓示されたのだ。

12

されば　偽りの蛮勇は　沈黙するがよい。
今や真理が　公然と話されるときである。
神の権威により　嘉《よみ》されたことが
人間の偽りにより　否定されてはならない。

13

この世の軌跡は　やがては過ぎ去り、
生命《いのち》へいたる道は　狭い。(4)
秘匿された深淵を　探求する人は
人間の功罪を　秤に掛けよう。

14

心の奥を洞察する　正義の審判者(5)は
各人が　秤の目盛により償うため、
われわれを　その裁きの法廷《にわ》に　連れ出し、
善人には善と　悪人には悪と　判決を下される。

15

この世では　われわれは悲惨な生を送り、
見るものすべてが　空虚《うつろ》である。(6)
昨日生まれた人は　明日は死にゆく。
生あるものすべてに　終りがくる。

16

束の間の生を　与えられた主は、
その果敢ない生を　長くもでき、
死者たちに　蘇りを命ずる主は
死から生を　呼び戻すことができる。

17

主はわれわれを　天の王国へと呼び寄せ、
そこには　悲惨さは微塵もなく、
神こそ万人に　全存在たる
まことの歓喜と　愉楽である。

18

際限のない　拷問を受ける悪人を
われわれは　徳をもって処罰しよう。
地獄の業火　悪臭　慟哭　歯軋りを
われわれは　恐れねばならない。

19

主なる神は　われわれが弱き生きものであり、
地獄《ゲヘンナ》の拷問は　残酷なるを知るゆえに、
慈悲に満ちた声で　哀れな人びとを呼び戻し、
主の羊の群れを　その肩に乗せる。

20

おお、　主の仁愛は無限大にして、
全能にして　永遠不滅の主なる神は
気紛れな被造物を　憐れみ、
その身代わりに　磔刑《たっけい》に架けられたのだ。

21

主は　平手打ちや鞭打ちの刑、
さらに　あらゆる嘲笑を浴び、
唾を吐かれ　棘で刺され、ことにも
十字架の上で　無惨にも極刑に処された。

22

造物主が　磔刑に処されるとき、
憐れを覚えぬは　鉄の心の人であり、
救世主が槍で　突き刺されるとき、
共に傷つかぬは　石の心の人である。

23

われわれは　心のなか深く刺しぬかれ、
神の怒りを　涙して和らげよう。
神怒《しんぬ》の日　最期の審判の日は
速やかに訪れ　その日が迫りくる。

24

見よ　われわれを憐れみ　受難された
あの厳格なる審判者が　帰ってくる。
たしかに　帰ってくるが、
今度はやむをえず　われわれを脅かすため帰る。

25

すると　全世界は　激しく怒り身震いして、
創造主に　嘆き悲しんで復讐しよう。
しかし　主は罪人たちを　いとも公平にして
しかも　残酷極まりなく　永遠の拷問に掛けよう。

26

彼らは　その審判者の教え子たちであり、
キリスト教徒の　灯《あかり》でもある。
聖書の御言葉を　熱心に読み、
この現世から　厭離《えんり》するがよい。

27

汝らは　愚かなる処女たちでなく、(7)
汝らの松明《たいまつ》は　空洞ではない。
汝らの容器から　互いの慈愛の油が
絶えず　溢れ出る。

28

汝らは　主の羊群を飼育して、
各々の　空腹感に応じて、
ある人はより多く　ある人はより少なく、
主なる神の小麦を　分け与える。

29

汝らは　教会の誉れであり、
審判者が　実際に姿を現わすとき、
罪人たちを皆　処罰するため、
その審判の高座に　就くのである。

30

しかし　現世の騒乱のなかに、
誰ひとり　汚濁にまみれぬ人はなく、
汝らが　心の奥で呟《つぶや》いたことを
寝床のなかで　懺悔し給え。

31

ひたすらに　正しい任務を志し、
汝らの富を　有益に使い給え。
貧者にものを施す人こそ　神に仕えること、
神は　貧者と共に居るからである。

32

聖書が　証言するように、(8)
過大な富は　義人には重荷となり、
最高の徳は　施すこと、
よって　美徳の女王と呼ばれる。

33

とりわけ　汝らがなすべきは、
貧者の財布に　金銭《おかね》を忍ばせること。
汝らが　罪を犯したときには、
この善行は　必ずや神を宥《なだ》めるであろう。

34

わたしが　勧めることは、
この善行こそ　永遠の人類《ひと》の道であり、
われわれの救世主は　いみじくも述べられた、
「もとめる人は誰にも　恵みを与え給え」と。

35

汝なら　ご存知のはずゆえ　申し上げぬが、
知ることとは　実践して欲しい！
かくいう自分を擁護し　弁解すれば、
わたしは　今や子供ではなく　既に老残の身である。

36

これまでのわが生涯を　汝らに説明し、
極貧の生活を　臆面もなく申し述べよう。
わたしは　このように貧しく　困窮に喘《あえ》ぎ、
喉の渇きと空腹で　死に瀕している。

37

わたしは　放蕩児でもペテン師でもなく、
唯ひとつ　悪癖に悩んでいる。
いつも　施しものを喜んで受けて、
しかも　兄弟たちより　たくさん貰いたがる。

38

わたしは　金銭《かね》のため
着ている　まだら色の外套を
売るのを　大いに恥じて、
空腹に　耐えることを選んでしまう。

39

寛大な司教のなかで　いとも高潔なる司教さまが
この外套を　わたしに恵んでくれた。
この司教こそ　外套の半分を乞食に恵んだ聖マルティヌスより、(9)
天国では　さらに大きな報酬に与《あずか》ろう。

40

今こそ　汝らの富によって、
詩人の困窮は　救済されるべきである。
高貴な人びとは　黄金や衣服などを
立派な贈り物として　惜しみなく施すべきである。

41

貧乏人が　お賽銭を慈善箱に入れることが
弁解がましく　赦されませぬよう！
寡婦さえも　これを奉納し、
神慮によって　賞賛された。(10)

42

永久《とわ》に名声を博する　わが主人たちよ、
わたしは　祈りを込めて　なんじらの膝を抱きましょう、
手ぶらで　ここを立ち去らないためにも、
わたしのため　互いの募金がなされますように！

43

わたしの考えを　はっきり申したからには、
汝らは　わが話に悩むと思うので、
短い祈りのことばだけ言って、
わが話を　終わりましょう。

44

汝らに　創造主エロイ(11)が
慈悲の油の小瓶と
希望の葡萄酒　それに信仰の穀物(12)と
来世への生へ　導き給え！

45

しかし　現世の快楽を享受して、
酒なしでは　生きられずに、
わたしは　いつも極上のワインを飲み干したが、
主なる神よ、わが莫大な負債のため　大枚をお恵みください！
　アーメン

［訳註］

（1）「マタイによる福音書」5：15参照。
（2）「されど汝……」"Tu autem" とは、典礼の文句 "Tu autem, Domine, Miserere nobis"「されど汝主よ、われらを憐れみ給え」の一部であり、終課の祈りの最終文句である。ここから、この文句は修道院の大食堂での朗読会を終わる定式文句として使われた。
（3）「マタイによる福音書」24：24参照。
（4）「マタイによる福音書」7：14参照。
（5）「箴言」24：12参照。
（6）「シラ書」〔集会の書〕1：2参照。
（7）「マタイによる福音書」25：1－13参照。

（8）「マタイによる福音書」19：23 ff及び「コリントの信徒への手紙一」13：13参照。さらに、キケロの『義務について』*De Officiis* III. vi. 28参照。

（9）聖マルティヌスはフランスの守護聖人で、彼は四世紀頃のトゥールの司教で、ガリアに於ける修道院の普及に努めた。祝日は十一月十一日。この聖人は自分の外套の半分を乞食に恵んだとされるが、ここでは詩人アルキポエータは追従して自分の守護者がより寛大な人であると聞こえるように、その事実を無視している。

（10）ラテン語の"vates"には「詩人」のほかに「予言者」の意味もある。ここでは寡婦が預言者エリアに瓶のなかの最後の油を差し出したことに言及している。「列王記上」17：8－16参照。

（11）「マルコによる福音書」15：35－36にイエスが磔刑により死が迫る時に叫んだ言葉"Eloi eloi lamma sabacthani"「わが神、わが神、なぜわたしをお見捨てになったのですか」と記されるが、この"Eloi"は預言者エリアを呼んでいるのであると、周りの群衆は言い合う。

（12）本詩篇「アルキポエータの諫言」の第27連の中に読まれるラテン語の原語"caritatis oleo mutue"「互いの慈愛の油」を参照。

XXIX

ヨナの告解(1)　ケルンのアルキポエータ

1

喇叭《ラッパ》の音が　鳴り響き、
伝令者たちの声が　高まって、(2)
有徳の人が　やってくると、
人びとに〈噂〉があまねく拡《ひろ》まった、
平和と貧者の擁護者の父なる　そのお方のため、
ヴィエンヌ(3)の街は　玉座を準備されたのだ。
諸侯たちが　群れ集い、
陽気な演奏家たちの　喇叭の音が轟いて、
今や　彼らの調べは　声高《こわだか》に合奏された。
あらゆる道化師たちが　一週間も前から
その祝宴に　やってきて、
誰もが　高価な贈り物を　待ち望んだ。

しかし　わたしは　頭《こうべ》を垂《た》れて、
盗賊の兄弟　さながらに
罪深く　ほどんと正気を失い、
感情も言葉も　すっかり奪われた。

2

この詩人の　名前や身分を
わたしは　公言すまい。
しかし　彼はヨナのように逃亡した。
よって　うまく喩《たと》えてみれば、
その詩人を　ヨナと命名しよう。

3

涙の川は　頬を伝わり、
鯨の腹のなかへ　半死半生の体《てい》で逃れ、
止めどなく　涙が溢れ出てきた、
かつては　貴方の養子であった、　このわたしが、

しかし　いつも変わらぬ　わが多情多恨と、
過ぎたる淫欲(4)と放縦ゆえに、
わたしは　罪深き者となった。

4

わたしは　夢中で快楽を追い求め、
鈍磨な豚にも　喩《たと》えられた。(5)
わたしは　聖職者の仲間でもなかった。
ゆえに　ヨナが主の怒りを恐れたように、
貴方の怒りを　いたく恐れて、
大急ぎで　逃げ去ったのである。

5

すると　ヨナは　かかる運命に遭遇したのだ。
嵐が激しくなると　船員たちは
この罪人に　死の呪いをかけ、
直ちに　一匹の鯨がヨナを飲み込んだ。

わたしも　死罪に値するのだ、
邪悪で　不埒な生活を送ってきたからには。(6)
わが肉体は　疲弊しきって、
(しかし　わが心臓は　変わらずに力強い)(7)
罪人たる　このわたしは　貴方を怖れる。
しかし　貴方は憐れんでくださるでしょう。

6

見よ、貴方のヨナは　泣き叫んでいる、
自らの罪を　見過ごせないために。
その罪ゆえ　鯨は彼を嚥下《えんげ》し、(8)
その免罪を望み　嘆願されたのです。
「彼を苦しめる　疫病から救い給え」(9)
貴方を敬い　畏怖し　崇拝するために。

7

貴方が　彼の罪科を赦して、

ヨナの鯨に　命令をされれば、
大きな顎をした　その鯨は
いつものように　広く口を開けて、
この禿げ頭の詩人を　吐き出して、[10]
目的地の港まで　運んでくれましょう。
こうして　再び詩人のなかの詩人（大詩人《アルキポエータ》）となり、
感謝の詩《うた》を　貴方に捧げましょう。
貴方は　非凡なる才能に恵まれ、天命により
正義と優雅さを　兼ね備え、
寛大さの見本を垂範され、
この世の秩序を
回復するように
生きることが　宿命づけられています。

8

もしわが罪を　赦されるなら、
剣と槍の間隙をも　恐れずに、

貴方が遣わすところ　どこへでも馳せ参じます、
キズタの花冠を　わが額に飾りつけて。[11]

9

わたしは　ニネヴェの街[12]も、
愚かな　その地の人びとも恐れはしません。
聖者より　神聖な生活を送り、
貴方が　拒むことをやめて、
わたしを　豊かにしてくださるなら、
貴方のため　最高の詩を詠いましょう。

10

今や　はっきりと告白すれば、
わたしは　貧困の災禍に喘いでいます。
わたしは愚か者です。貴方にお仕えしたときには、
食物　馬　金銭　衣服を　十分に持っていました。
そして　毎日　宴に興じていました。

今や　オレステースより狂気に満ちて、(13)
惨めにも　乞食をしながら　巷を放浪して、
陰鬱で　清貧な暮らしをしています。
今や　どんな饗宴《うたげ》にも嫌悪を感じて、
これには　まったく嘘いつわりはありません。

11

平和の創始者　訴訟の調停者よ、
貴方の詩人を　やさしくもてなし、
愚かなお喋りと　思わないでください。
今や　わが愛欲は収まり、
わが身は　隠者よりも純潔です。
わたしに　何か不徳があるなら、
お望み通りに　摘み取って正しましょう。(14)
われらふたりが　喉の渇きに苦しまぬよう、
わたしが葡萄の小枝、貴方が葡萄の蔦《つた》となるのです。(15)

【訳註】

（1）XXIX番目のこの「ヨナの告解」に於いて、詩人アルキポエータは聖書の「ヨナ書」の物語を自分の現在の困窮した生活状態を滑稽に比喩して詠っている。つまり、聖書のなかでヨナは古代アッシリアの首都ニネヴェで神の怒りから逃れたが、甲板から海に投げ入れられ、鯨の腹のなかに飲み込まれた。同様に、詩人も神聖ローマ皇帝フレデリック赤髭王の大書記官で詩人の庇護者ダッセルのライナルトから逃げ去り、大きな「貧窮」に飲み込まれたことを詠っている。

（2）最初の数行の喇叭の鳴り響く音は「神怒の日」"Dies Irae"を連想させる。

（3）南仏ブルゴーニュ地方の街の名で、オーストリアのウィーンではない。

（4）詩人はここで、"pluralis genitivus"「複数の属格」という文法用語を用いて、"sexual excesses"「性的不節制」を滑稽に表現している。

（5）いわゆる「放蕩息子」の譬え話に言及している。「ルカによる福音書」113 ff.参照。また、"豚"への言及は「ペトロの手紙二」2：22,「豚は体を洗って、また、泥のなかを転げ回る」に依拠する。

（6）ヨナのように詩人も死罪に相当したのである。すなわち、彼の肉体は追放と罪の意識の結果、既に衰弱し切っている。しかし、彼の精神はなおも強力で、罪を免れて、依然として自分の悪行を意識している。「ヨナの書」1：7 ff,参照。

（7）「マタイによる福音書」26：41及び「マルコによる福音書」14：38を参照。

（8）この詩行は詩人の現在の貧困を含意する。

（9）この詩行は同じく詩人の空腹を含意する。

（10）「ヨナの書」2：10 参照。ここでは神が鯨にヨナを吐き出すよう命令したように、詩人の庇護者ライナルトが詩人を悲惨な境遇から救い、安全な港に迎え入れてくれるように祈願している。

（11）「ヨナの書」4：6 参照。中世の絵ではヨナはキズタの枝を額に巻いて太陽から身を守る姿で描かれる。詩人にとっても、庇護者ライナルトンの保護は詩人を彼の敵から身を守ってくれるキズタの役割を果たすことになる。

（12）古代アッシリアの首都で、紀元前六一二年に帝国の滅亡で廃墟となった。現在のイラクのモスル（Mosul）のチグリス川の対岸にその古代遺跡がある。そのニネヴェ人と彼らの邪悪さは「ヨナの書」1：2＆13 参照。

（13）オレステースはアガメムノンとクリュテムネストラの子で、エレクトラとイピゲニアの兄弟である。母を殺した罪で復讐の女神フリアエ（Furiae）に追放されて、発狂したとされる。

（14）「マタイによる福音書」5：29 参照。

（15）「ヨハネによる福音書」15：5 参照。

XXX　安息日の夜の夢(1)　ケルンのアルキポエータ

1

とある安息日の夜に　熟睡《うまい》から醒めると、
わたしは　ベッドに寝ているのに飽きて、
額　顔　胸と十字を切って　神の祝福を祈り、
着がえて置いた服を　身に纏った。

2

こうして　寝覚めのなかにいると、
実に甘美な香りが　鼻孔をツーンと刺激した。(2)
甘松の穂や乳香、極上の新鮮な香膏油《こうこうゆ》でも
これほど芳《かんば》しく　香ることはなかった。

3

明の星ルキフェル(3)は既に昇っていて、
思い掛けない朝の光に　いたるところ照り映えると、
わたしは　ある超自然の力によって　天界へと運び去られた。
神に略奪されて　わたしは爽快な気分であった。

4

突然　この世を眼下に見て　わたしは空高く飛翔し、
別世界へと　連れ去られたようだ。
そこの　えもいえぬ心地よい光景は
いかに雄弁な人でも　言い尽くせぬほどであった。

5

そこには　溜息や悲嘆の声は聴かれず、
永遠の生命を享けた　敬虔な人びとが
危険も知らず　拷問もなく、
至高の平和と　心の平安を享受していた。(4)

6

そこに　わたしは神の壮麗な館を　目撃したが、
わが眼には　神自身の姿は　見えなかった。
神の光り輝く尊顔は　余りに眩《まぶ》しく、
神の天使たちさえ　驚嘆していた。(5)

7

そこには　アリストテレースも　ホメーロスもおらず、
偉大な聖アウグスティヌスが「名目論」と「実在論」
の命題や、「属」と「種」の本質に関する審理を、
このわたしに　口述で教えてくれた。(6)

8

それから　わたしは　天使たちや信仰篤い人びとを
司る大天使ミカエルに　話しかけると、
彼は　天国の秘密と計画を　誰にも決して
明かしてならぬと　わたしに厳命した。(7)

9

よって　わたしは　人間の理性では　計り知れない
多くの未来のことを　知りえたけれども、
天国の秘密を　明かすことを恐れた。
しかし　司教よ、貴方は恐れずに　大いに楽しむがよい(8)！

10

天使がひとり　貴方に割り当てられますが、
誰よりも　誉れ高い天使です。
同じく　貴方自身も　美徳と善行においては、
どんな有徳の人の功績にも　遥かにまさります。

11

その天使の助けで　貴方は多くの戦いに勝利します。
よって　神に感謝し、(9)　傲慢を厳に戒めるべきです！
その天使を　旅の道中の先導者としなさい。
貴方が道を踏み外さぬよう　彼は敬虔な祈りを捧げます。

12

この天使により　シキリア王国[10]は貴方の支配下となり、
やがて　斧は樹木を根こそぎ　倒すことになりましょう。[11]
僭主が台頭して、[12]容赦なく権力を揮うが、
彼は　盗人のように秘かに[13]　滅亡するでしょう。[14]

13

わたしは　貴方に過度に媚びたくなく、
わが主人にも　嘘をついてまで　諂《へつら》いはいたしません。
この世には　その精神や振る舞いに、
瑕疵のない人は　誰ひとりいませんから。

14

聖職者の宝石として　その名あまねく世に
知られた　この聖人は
全世界に　多くの奇蹟を示されましたが、
ご主人よ、貴方は　そのお方に激怒しました。

15

その聖人が　神に貴方の不満を　添えられるとき、
わたしは　いくら嘆願しても引き止められませんでした。
わたしは　ひどく泣き叫び　いつものように、
涙ながら　思い止まるよう願ったのですが。

16

わが両眼《りょうまなこ》から　涙が川と流れて、
その溢れる涙を　抑えきれず、
あざ笑う人びとの国から　泣きの涙で出てゆき、(15)
息も絶え絶えに　ベッド上にひれ伏しました。

17

よって　お願いです　この世の華《はな》なるご主人よ
直ちに　その聖人と和解されてください。
獰猛な狼たちが、(16)　彼の財産を略奪しますが、
さりげない貴方のひと言《こと》で、それを取り戻せるのですから。

18

日々の聖務を司る　心労の重荷が、
いかに心をひどく不安にし　疲弊させようとも、
何が神の意に適うかを　知るべきです。
それこそが　教会を心から支えることです。

19

よって　貴方に代わって　わたしにワインを
よく飲ませてくれた　聖マルティヌスと和睦をお結びください。
これは宮中伯(17)との和解より　さらに良いことは
聖霊に導かれた人は皆　ご存知です。(18)

20

このまことに神聖なお方が　貴方を非難されたとき、
わたしは　涙して懸命に制止しました。
こうして　貴方のために　懸命に尽力したのですから、
この祝祭日には　みごとな贈り物をお恵みください。

21

今や　わが声はか細くなり　絶えず咳き込むのは、
死神が迫ってきた　証しですし、
わたしは　人知れず深い溜息に襲われ、
もはやいつもの娯楽にも　一向に気が晴れません。

22

しかし　わたしが　死に臨んで　生の終焉を迎え、
迫りくる死に　いかに怯えようとも、
酒瓶の値段を　吊り上げたあの宮中伯を
わたしは　決して好きにはなれません。(19)

23

たしかに　彼は平信徒や聖職者に　不正を働きました。
しかし　ワインの値段を吊り上げて売らなければ、
わたしは　不満など決して言わなかったでしょう。

24

犯した圧制に、伯爵が気づくように、
わたしは　全く新たな類《たぐ》いの詩を、書いてみましょう。
「もし　伯爵が葡萄酒の名誉の失墜を救わなければ、
ヨハネの黙示録にある　すべての禍に苦しみ給え」[20]

25

そうする間に、ダヴィデの詩篇に従って主なる神は
わたしを、修道院の牧場へと導いてくださった。[21]
ここでは、皆には足りぬが、[22]わたしはワインを飲み放題、
善き司牧者の大修道院長よ、わたしはこの上なく仕合せです。[23]

[訳註]

（1）XXX「安息日の夜の夢」は詩人が夢の中で寓意的な人物や出来事を見る形式を伴ったいわゆる中世の「夢物語詩」（dream vision）のジャンルに属する詩であった。また、ラテン語の原語 "Nox sabbati"「安息日の前夜」、すなわち日曜日の朝の暁闇の頃を指す。

（2）中世の物語詩は伝統的に芳しい香りや煌めく光で始まる慣わしである。

（3）墜落した大天使のサタンと同一視される。語源的には「光を運ぶ者」を意味し、「明の星」の金星の意味となる。
（4）「イザヤ書」35：10参照。
（5）「マタイによる福音書」4：11参照。
（6）異教の世界に属するアリストテレースやホメーロスはそこには居ないが、中世を通してアリストテレースの『範疇論』*Categoria*をラテン語に翻訳したと思われていた聖アウグスティヌスはその場に居た。また、ここでは詩人の庇護者ライナルトの哲学に関する愛好心に言及している。
（7）「ダニエル書」12：1参照。
（8）「ヨエル書」2：21「大地よ、恐れるな、喜び踊れ。」参照。
（9）「ヨハネによる福音書」9：24参照。
（10）現在のイタリア南方にある地中海最大の島である王国で、首都はパレルモ。
（11）「マタイによる福音書」3：10「斧は既に木の根元に置かれている。良い実を結ばない期はみな、切り倒されて火に投げ込まれる。」参照。
（12）シキリア王国のノルマン人王ギョーム一世を指す。
（13）「テサロニケの信徒への手紙一」5：2「盗人が夜やって来るように、主の日は来るということを、あなたがた自身よく知っているからである。」参照。
（14）この十二連は神聖ローマ皇帝フレデリック一世赤髭王のイタリア遠征に言及している。皇帝の遠征目的にはノルマン人王ギョーム一世の独裁支配下時代（一一五四－一一六六年）のシキリアも含まれていた。ギョーム一世時代にフレデリック皇帝との和睦は結ばれずに、ギョーム二世との一一七七年の休戦で関係が好転したとされる。Cf. The Sicilian Vespers「シシリアの晩鐘」。

(15)「ルカによる福音書」6：21「今泣いている人々は、幸いである。あなたがたは笑うようになる。」参照。

(16) 獰猛な狼とは修道院長の甥やその手下どもを指す。

(17) 当時の宮中伯はフレドリック皇帝の異母兄弟のコンラッド (Konrad) であった。

(18)「ローマの信徒への手紙」8：14「神の霊によって導かれる者は皆、神の子なのです。」参照。

(19) 臨終の床にある人は彼の敵を赦さなければならない。

(20)「ヨハネの黙示録」8：13……一羽の鷲が空高く飛びながら、大声でこう言うのが聞こえた。『不幸だ、不幸だ、不幸だ、地上に住む者たち。なお三人の天使が吹こうとしている喇叭の響きゆえに。』及び、9：12「第一の災いが過ぎ去った。見よ、この後に、さらに二つの災いがやって来る。」参照。

(21)「詩篇」23：1「主は羊飼い、わたしには何も欠けることがない。」参照。

(22)「エゼキエル書」34：23「彼（ダヴィデ）は彼らを養い、その牧者となる。」参照。

(23) 第25連は「詩篇」の22の語句を利用している。『ウルガータ版』で「詩篇」22は次のように始まる。「主はわたしを治め、わたしには何も欠けるものがない。主は牧舎にわたしを据え置かれた。」ここではラテン語の原語 "claustrum" には「牧舎」と「修道院」の二つの意味の語呂合わせがある。

XXXI　金銭《かね》の詩《うた》（カルミナ・ブラーナ第11歌）

この世の最高の王様は　現代では金銭《かね》である。
王たちは金銭を賛美し、金銭の奴隷《しもべ》となっている。
司祭の地位も金銭で買えてしまう。
金銭は、大修道院長の部屋においても、絶大な力を保持する。
人々は「黒い修道院長たち[1]」の金銭を崇拝する。
金銭は巨大な公会議の議長になる。
金銭は戦争を引き起こし、それを望まないならば、平和は消え去る。
金銭は訴訟を引き起こし、富をいつでも奪いたがる。
金銭は貧者たちをぬかるみから引っ張り出し、ひとかどの人物にしてしまう。
すべての金銭は贈り物を売買し、与え、奪う。
金銭はおべっかを言う。金銭はおべっかを超えて脅威となる。
金銭は嘘をつく。金銭は信頼に値するものであると分かる。

金銭《かね》は哀れな嘘つきどもを死に追いやる。

金銭は貪欲な者たちの神であり、強欲な者たちの希望だ。

金銭は女性たちの愛をダメにする。

金銭は王妃を堕落した女性(2)にしてしまう。

金銭は盗人たち自身を高貴な者にしてしまう。

泥棒どもよ、金銭は天空より大きなものを有している。

もし金銭が裁判にかけられるのならば、この世の危険は全て消える。

もし金銭が勝利するならば、主は裁判官とともに言う、「金銭は博打をうった、純白の羊を得た。」

大いなる王様である金銭は言った、「私の羊は黒いのです。」

金銭には大修道院長たちの支援者たちがいる。

もし金銭が話すならば、貧しい者は沈黙する。これはよく知られている。

金銭は功績を認め、労働を減らす。

金銭は賢者達の心臓を破壊し、視力を奪う。

金銭は、確かに愚劣な者を雄弁にする。

金銭は医者を有し、偽りの友人たちを有する。

金銭のテーブルの上に、素晴らしく、豊富なご馳走がある。

金銭は、胡椒(3)で味つけられた豊かで貴重な魚の数々を貪り食う。

金銭はフランスのワインと輸入されたワインを飲む。

金銭は豪華でかつ高価な上着を身にまとう。

上着は金銭によって、人に素晴らしい見た目を与える。(4)

金銭は上着に数々のインド産の宝石をもたらす。

金銭はそれらを愉快であると思い、全ての人々が金銭を崇めている。

金銭は侵攻し、街を破壊することを望む。(5)

金銭は崇拝される、なぜならばは徳を生み出すからだ。

金銭は病人たちを治癒し、困難なことを解決する。

値打ちのないものが高価なものを作り出す、そのことは快適なことであるが、不快なものをなくしてしまう。

金銭は耳の聞こえない人々を聞こえるようにさせ、足が不自由な人々が跳躍できるようにする。

金銭に関して、以前よりも顕著になったある確かなことが指摘されるだろう。

私は金銭の歌と祝福されたミサを見てしまった。

金銭は歌っていた。金銭は唱和を準備していた。(6)

私は見た　金銭が涙を流すのを。その間、教会のお説教は進められ、微笑みは繰り返されていた。

というのも、金銭は人々を欺き続けていたからだ。

金銭なしではいかなるものも尊敬されない、いかなるものも愛されない。

その血統が自らに不名誉をもたらしてしまうもの、それが金銭《かね》なのである。
金銭は「人間は高潔な存在である！」と叫ぶ。
見よ！　誰にとっても明らかなことだ。つまり金銭は全ての場所に君臨する。
というのも、金銭の力で名声も地に落ちるからだ。
英知(7)は実際の生活で使われなければならない。

［訳註］

（1）この「黒い修道院長たち」というのはベネディクト派の修道院長たちを指す。彼らは、修道衣（長いゆったりしたガウン）の上に黒いローブをまとっていたことから、このように言われた。
（2）「堕落した女性」とはおそらく娼婦のことだと考えられる。
（3）中世時代、胡椒は東方より輸入され、大変高価なものであった。
（4）つまり、高価な衣類を身にまとうことで外見が良く見えるということである。
（5）金銭や強欲はどちらも戦争を誘発し、かつ素っ気なく終わらせてしまうという意味である。
（6）カトリックのミサにおいて、唱和（response）は、続唱または司祭への応答の形をとって、聖歌隊や信徒達によって歌われたり、言われる節、文、フレーズ、または一語のことである。
（7）中世時代において寓話的な人物として擬人化された存在として、sapientia（英知）は古代ギリシア語とラテン語においては文法上は女性名詞であったが、はるか昔に遡ると、かつては男性であるイエス＝キリストと同一に扱われていた。

XXXII 万事は運命の女神次第で（カルミナ・ブラーナ第17歌）

1

ああ運命よ！(1)
月のように
移ろいやすく、
常に満ちては、また欠けたりする。
いまわしい人生は
今は勢いがないが
後には勢いをつける。
頭脳明晰な人々を　貧しい人々を　また権力者たちをもてあそびながら、
氷のように溶かしてしまう。

2

巨大に見えるが、中身は空虚《うつろ》な運命よ
回転する車輪である、お前よ(2)
痛々しい状態で
不安定なまま
常に消え去ってしまう。
また　お前ははっきりと姿を見せず　ヴェールを身にまとって立ち向かってくる。
今やサイコロ一振りで
お前の悪行ゆえに　私は背中に何もまとわない。(3)

3

私から健康や美徳を奪い取る運命よ
私の欲望と私の脆弱さも全てはお前の気の向くままに、
今　遅れることなしに　弦をかき鳴らせ
運命が強い者を打ち倒してしまったので
我と共に全ての人々よ　嘆き給え！

【訳註】

（1）運命（fortuna）とは、古代ギリシアにおけるヘレニズム時代（紀元前三二三年から三一年まで）に、運命を重視する考えが大変一般的になったことに遡る。

当初は都市の女神として崇拝され、その都市の運命や発展に責任のある存在であった、運命の女神の影響はすぐに各個人に対しても広がった。キリスト教一辺倒の世界観を打ち破る存在として、運命（fortunae）の女神は中世時代やルネサンス期において、広く知られていた。

（2）「運命の車輪」という考え方は、ヘレニズム期に始まった運命の女神（fortuna）の気まぐれな性質の象徴であった。絵における、運命の女神の古典的な描写では、Fortunaは往々にして目隠しをした状態で思いつきで車輪を回しており、その車輪につけられている人々の場所を変えている。車輪の上でより高い場所に行くか、より低い場所に行くかによって、多大な不運を被る者もいれば、思いもがけない幸運・収入を得る者もいる。

（3）この語り手は文字通り、サイコロ賭博で負けてしまったせいで着ていたシャツを、いわゆる借金のカタとしてとられたということである。

XXXIII

愛は全てを克服する（カルミナ・ブラーナ第56歌）

1

ヤヌス神(1)が一年間という月日を一回りさせる。
春は夏の到来を告げる。(2)
ポイボス(3)は　牡牛座に向かう時に　牡羊座の終わりを蹄で踏みにじる。(4)
※　愛の神は全てを克服する　愛の神は困難も突き抜ける

2

全ての悲しみよ　遠ざかれ！　ウェヌス(5)の学び舎は甘美な喜びを称賛する。
ウェヌスの学び舎において、お仕えする者は楽しむことこそふさわしい。
※　ルフラン

3

アテネ神の学生として私がウェヌスの学び舎《や》に入った時、大勢の洗練された女性の中に、外見は

テュンダレオース[6]の子孫とウェヌスには劣るが、ウェヌスのような女性を見た。優雅さにあふれ、
そしてより上品な娘を目にした。

※　ルフラン

4

他の娘とは全く違う彼女のことが大好きだ。
私の中に新たな炎が沸き立ち、絶えず燃え上がる。
彼女よりも気高く、従順で美しく愛らしい娘はおらず
彼女はどの娘よりも移り気でまぬけであるし
忠誠を誓うという点で、どの娘よりも気まぐれだ。
彼女の生の歓喜は私の喜びそのものである。
もし私が彼女の愛に値するのならば　私は幸せだ。

※　ルフラン

5

愛の神よ、この少年を救ってください
ウェヌスよ、この無垢な少年に救いの手を！

愛の炎は点火し始め、愛の炎は続き、
私のこの先の人生が消えてしまわないためにも
私が愛する女性がポイボスにとってのダフネ(7)のような存在にならないためにも
私はかつてはパッラスの生徒であったが
今やおまえの権威に屈服している。(8)

※　ルフラン

[訳註]

（1）ローマ神話で、門の守護神、物事の始まりの神として知られている。

（2）中世時代における新年はいつも一月一日に祝われたわけではなかった。たしかに古代ローマにおける常用の暦では一月一日が新年の第一日目にはなっており、このことは中世世界の多くにおいて受け入れられてはいたが、中世時代の人々はしばしばお告げの祭日（生神女福音祭）である三月二五日を祝うことをもって、一年の初めとした。イエス＝キリストの降誕が一二月二五日であるため、そこから九か月前である三月二五日にキリストがマリアの胎内に宿ったと考えられている。

（3）ギリシア神話における、太陽神アポローンの別名。

（4）学術的な天文学上の、春の訪れを認識する方法。太陽が四月一七日から二一日あたりに牡羊座を離れ、牡牛座に入っていくことに由来している。

（5）ウェヌスとは、ローマ神話における愛と美の女神である。日本では英語読みで「ヴィーナス」と呼ばれることが多い。
（6）テュンダレオースはギリシア神話に登場するスパルタ王のこと。その子孫の女性とは、つまりヘレネーのことである（表向きではテュンダレオースが父親となっているが、実父はゼウスである）。ヘレネーは世界一の美女、絶世の美女の代名詞としても知られ、彼女を巡ってトロイア戦争が起こったとされる。エウリピデスによるギリシア悲劇『ヘレネ』でも有名。
（7）ギリシア神話に登場する下級女神（精霊）。アポローンとダフネについてはオウィディウス『変身物語』に詳しい。ダフネがアポローンの求愛から逃れるために月桂樹になった話はあまりに有名。
（8）パッラスとはアテネ（ミネルヴァ）の別名のことである。ギリシア神話におけるミネルヴァは同一視され、どちらも知恵の女神である。この最後の二行にはウェヌス（愛）か、ミネルヴァ（学問）かの選択にゆれる若者という、中世ラテン恋愛詩において繰り返し現れるテーマが描かれている。

XXXIV　眠り、この優美なるもの（カルミナ・ブラーナ第62歌）

1

ディアナ(1)の儚い灯火が夜遅くに立ち上り　彼女の弟(2)の薔薇の光で照らされる時、ゼフィルスの

柔らかい風(3)が全ての雲を大気に向けて吹き飛ばし、琴の力が胸を和らげ、震える心を愛の約束へ
と変える。

2

宵の明星の豊かな輝きが　眠りをもたらす露のより心地よい湿り気を　死すべき人々に与える。

3

ああ　眠りをもたらす解毒剤は　なんて喜ばしいものなのだろう
なんと悲しみにみちた苦痛の嵐を　それが鎮めるのだろう、
閉じた眼の通り道に静かに忍び寄る時
甘美な愛の喜びさながらだ。

4

オルフェウスが心の中に引き込むのは
豊かな作物の上に流れる穏やかな風、
手のつけられていない砂地の小川のせせらぎ、
家畜が絶え間なく石臼を回す光景とが

これらが眠りの力で目の光を奪い去る。

5

満たされた腹部から湯気が立ち昇り　それは頭の三つの部屋(4)を濡らす。

これが眠たげで垂れ下がっている目を湿らせ　その湿り気が瞼を満たす。

だから目は遠くを見られない。

このようにして　生きるのに必要な力(5)は目を縛る　視力を支えるのは　そうした力

6

愛を交わした後、頭がぼんやりしてしまう。
そして　経験したことのない素晴らしさで　瞼という舟に乗って自由に動き回る目を翳《くも》らせる。
ああ　愛を交わした後に眠ることはなんて幸せなのだろう
しかし　その後再び愛を交わすことはさらに素晴らしい!!

[訳註]

（1）ローマ神話の女神。狩猟や月の神。太陽神アポローンの双子の妹。
（2）つまり太陽神アポローンのこと。

（3）ゼフィルスはギリシア神話における西風の神。「やわらかな西風」のこと。
（4）アルベルトゥス・マグヌスによると、中世の解剖学においては人間の脳は三つのつながった部屋から構成されていると考えられていた。
（5）消化、呼吸といった、人間が生きていく上で必要な自律機能のこと。

XXXV　密かな恋（カルミナ・ブラーナ第70歌）

1

花開く夏の季節に　私は木陰に座っていた　鳥は森の中でさえずり、
宵の涼しい冷風も音楽を奏でる　私は長らく待ち望んでいたティスベー(1)との会話を楽しみ、
最も心地よい愛《ウェヌス》を交すことについて話した。

2

その顔、美しさ、優雅さといったら　あたかも太陽が星に優るように　他の娘たちをはるかに凌駕している。

ああ　こうした我々の愛の言葉が彼女の心を動かし　彼女にさらにお近づきになって幸せになることがかなうのだろうか？

3

胸に秘めた愛の炎を明らかにすることが一番良い。
大胆さこそが幸運の秘訣
そういうわけで　私は次のような詩を作った

4

永い間　胸の中に　もやもやした愛の炎を保ってきた。その炎は驚異の力で生命の隅々にまで広がっている。お気づきならば　僕の半身と幸せにかつ忌まわしくつながることで　君だけがこの炎を消せるのだ。
愛を望むことは不確かなこと。それは正しいかもしれないし　正しくないかもしれない。
愛する者にとって忠誠こそが欠かせない徳だ。

5

最優先の徳は忍耐で　忍耐は愛に付きまとう。

しかし　体中を駆け巡る　燃えるような恋心を他の炎が吹き消してしまわぬように！
我々の愛は秘かで脆い喜びなぞ受けつけない。

6

私を苦しめる炎　いや　私がむしろ誇りとする炎　その炎は目に見えない、
もしその炎が　火をつけた人によって
消されないならば　そのまま留まる。

7

よって私が生きるも　死ぬも全ては君次第。
不確実なことに私が命を危険にさらしても
何の利益があろうか。

8

父が　母が
兄弟が　日に四度

あなたのことについて　僕を叱る。

老婦人たちを小部屋に
若い男性たちを見張り台に
配置して　僕たちを監視する。

9

百の眼をもつアルゴス(2)のほうが
絞首台よりも恐ろしい。

10

それゆえに正しいことは
親切な男は
他人から指図され、
そこから　悪意のある噂が人々の間に飛び交うことを避けよ。

11

君は理由《わけ》もなく恐れている。
我々の秘密は誰にも知られるわけがないのだから
優れた鎖を持つウルカヌスでさえ私は恐れない。(3)

スティルボン(4)のように
忘却《レーテ》の河の水で
アルゴスを眠らせ　その百の目を閉じてしまおう。

12

私の理性の揺れ動く天秤の上で
ふしだらな愛と　貞操という正反対のものが行ったり来たり。

しかし私は目に見えるものを選ぶ。
軛《くびき》をつける首を自ら差し出そう
だが快適な軛《くびき》のほうへ私は向かう。

13

君は軛《くびき》を愛の秘儀であると、言うわけがない。
それ以上に自由で甘美で、素晴らしいものはない。

14

ああ　これらの喜びは
なんと甘美なのだろう！
密かな恋は愛情深い。

だからこれらの贈り物に向かって急げ！
遅れた贈り物は称賛されない。

15

ああ　最も甘美な存在である君
僕は君に全てを捧げよう。

［訳註］

（1）オウィディウス『変身物語』に収められている「ピュラモスとティスベ」に出てくるバビロンの美少女。

（2）アルゴスとはギリシア神話に登場する、百の目をもつ巨人・怪物である。百ある目は交代で眠るため、アルゴス自身は常に起きて物を見ていたとされる。

（3）ローマ神話における火と鍛冶の神。ギリシア神話に登場するヘーパイストスと同一視されている。

（4）ローマ神話における商人や旅人の守護神であるメルクリウスのこと。スティルボンとは古典ギリシア語で「輝く」の意味であり、水星（マーキュリー。メルクリウス）の明るさゆえ、マーキュリーの通り名である。

XXXVI　青春時代は大いに遊ぼうよ（カルミナ・ブラーナ第75歌）

1

勉学を止めてしまおう。
無知なるも楽しいものだ。
心地よく　甘美な青春を楽しもう。

老人がすべきは
真理を追求すること。
青年がすべきは
自由闊達に生きること。

※　即座に過ぎ行くものは人生なり。
　勉学を止めると
　青年たちは　のびのびと遊ぶ。

2

人生における春は静かに去り
人生の冬がすぐに来る。
生命力が衰える
不安で身体が弱る。
血にうるおいが消え　心は弱る。
喜びも少なくなる。

多くの病気にかかり　老いることは我々を脅かす。

※　ルフラン

3

神々のように振舞ってみよう！
この発想は素晴らしい。
甘美な愛を追い求めよう。
欲望のままに生きよう。
それこそが神々のやり方だ。
人間界に赴き、娘たちが踊っているところに行ってしまおう。

※　ルフラン

4

そこではすぐに大勢の娘たちが踊っている光景が見える。
娘たちが　その手の動きゆえ魅惑的に踊る時

素早く手足を動かし　ふしだらに舞うのは目にもあざやか。
娘たちは立っている私を見て、見られた私は悩殺される。

※　ルフラン

XXXVII　桃源郷（カルミナ・ブラーナ第79歌）

1

花盛りの折
夏の暑さのせいで
私は熱くて熱くてたまらなかった。
見事なオリーブの木の下で
熱気と汗で疲弊した私は休んだ。

2

この木は牧草地の中にあった。
見事に色づいた花、草、泉のある素晴らしい場所。
それでいて木陰もあり　そよ風が吹いてくる。
かのプラトンですらもこのように素晴らしい場所を描写出来なかっただろう。

3

泉の近くに小川がある。
ナイチンゲールの鳴き声がする。
ナイアス(1)の歌もある。
ここは楽園さながら。
断言しよう　ここより快適な場所はない。

4

ここですっかり寛いでいる時
一人の羊飼いの少女を目にする。
その娘は比類のない美しさで

黒いちごを摘んでいる。

5

すっかり私は彼女のとりこ。
私が思うにウェヌスの仕業。
「こちらにおいで！」私は言う。「私は泥棒でも人殺しでもない。何も傷つけない。私自身と持ち物全てを君に捧げよう。フローラ(2)よりも美しい君に。」

6

彼女はさっぱりと答えた。
「男の人と遊ぶことに慣れていないの。両親の監視が厳しくてね。やや年取っているお母さんはささいなことで怒ってしまうのよ。せっかくなのにごめんなさい。」

［訳註］

（1）ナイアスとはギリシア神話に登場する泉や川の精霊のこと。英語ではニンフ。
（2）フローラ（Flora）は古代ローマ神話に登場する、花と春を司る女神のことである。

XXXVIII

二人の恋は花盛り（カルミナ・ブラーナ第83歌）

1

激しい風が吹き
寒さで木の葉は全て舞い散った。
木々の歌は今は小休止。
今　春の間だけ
燃え上がるような愛は炎をひそめる。
いつだって愛する者たちは
四季の変化を荒々しく拒絶する。

※ 我々がフローラ(1)に奉仕するこの時間、この喜びは
　何と心地よくて幸せなのだろう！

2

長いことあなたにお仕えしても
不満どころかむしろ素晴らしい報いがあることに私は幸せを覚える。
意味深なウィンクをフローラが私にすると
心の底から喜べないものの
私の苦労を誇りに思う。

※ ルフラン

3

室内で秘かに愛を交わし
ウェヌスが好意を寄せてくれる時
険しい未来などありはしない。
寝台が一糸まとわぬフローラを温め、
柔らかな身体はまばゆいばかりに美しい。
乙女の胸は光り輝き、
微かに肉づいている乳房は　わずかに盛り上がっている。

※　ルフラン

4

私は人類を飛び越え
さらに地位が高くなった神々を誇りに思う。
あてどもなく柔らかな胸をまさぐる幸せに包まれて
手は胸をさまよう。
さらに柔らかなタッチで腹部まで降りていく。

※　ルフラン

5

しとやかで小ぶりな胸から
柔らかい脇腹が程よく続いている。
この上なく素晴らしい身体が
私のタッチを受け入れる。

ほっそりとした腰帯の下にある、
波打つ小さなお腹では
小さな臍《へそ》が顔をのぞかせている。

※ ルフラン

6

魅力的で柔らかな恥部は僕を刺激する。
そこには産毛すらほとんどない。
程よく肉がついている腿《あし》は
ビロードのような滑らかさ。
肌の下の筋肉が
縁の下の力持ち。

※ ルフラン

7

ああ、もしユーピテル(2)が彼女を見てしまったなら、
私と同じく彼女に夢中になり、妻を裏切るだろう。
それはあたかも黄金の雨の姿でダナエにやさしく降り注いだり、
エウロペの牛に扮したり、
レーダの白鳥に変身したかのごとく。

※ ルフラン

［訳註］

（1）「フローラ」については、281ページ訳註（2）を参照。

（2）ユピテルはローマ神話における全知全能の神として知られる。ギリシア神話のゼウスと同一視されている。ユピテルの女性や女神と愛を交わす際は姿を変えることで知られ、例として非常に美しい娘であるダナエに黄金の雨に姿を変えて関係を持ち、エウロペには牛の姿で近づき、レーダとは白鳥に扮して交わった。

XXXIX 人の態度は金次第！（カルミナ・ブラーナ第１８８歌）

1

運よく財産があれば　好感を持たれて尊敬される。
財産がなければ　軽蔑され　けなされる。

2

金持ちならば　大いに持てはやされる。
全く財産がなければ　無視される。

XL　ワインと水との論争（カルミナ・ブラーナ第193歌）

1

様々な議論を用いて
大変簡潔に真理を明らかにすることで、
私は申し上げる
正反対のもの同士は一つにせず
むしろ別々にすべきである。

2

グラスの中に注がれると水はワインと混ざる。
しかし、そんな混合は
良いことではなく、褒められるものでもない。
むしろ混惑と呼ばれるべきだ。

3

ワインは水を肌で感じて悲しみながら言う、
「何がお前と俺をあえてくっつけたんだい？
さあ出ていけよ！　お前は俺と一緒にいるべきじゃない！

4

地上でお前は踏みつけられ、土と一緒に混ぜられるべきだ。
そうして泥に変わる。
不浄なこの世界の一画に入り込むために
厚顔無恥《はじしらず》なお前は劣悪な場所を探す。

5

ご馳走の載っているテーブルをお前が装飾するのではなく
お前の存在を話題にする人など誰もいない。
お前のせいで以前は幸せに表情豊かに笑い、雄弁だった人が
沈黙したままだ。

6

健康な人でもお前を偶然飲んでしまうと病気になる。
お前は内臓をかき乱す。
お腹から異音が出て、おならが吹き出す。
それは腹の中で留まり、取り除かれずに、
多大な苦痛をもたらす。

7

お腹が膨れる時には
二つの口からいろんなガスが出る
その後、風と共にばら撒かれ、
空気は大変汚れてしまう。」

8

そこで水は感情的になって言う、
「愚かなお前の生涯はひどく惨めなものさ。
お前を飲むもの達（酒飲み）は

品性を落とし、悪いことをして、人生を破滅させる。

9

ワインを飲むと呂律が回らない。
酔っぱらいはいつも酒にキスをして、
意味不明なことを口走る。
二本のロウソクが百本に見えてしまう。

10

お前が好きなのは誰だ?
人殺し、密通者、奴隷どもだよな!
こいつらがお前にお仕えし、
お前のことを自慢する、
お前が玉座を占める、一杯飲み屋で。

11

お前は悪党だから

自由なんか享受出来ず、
小さな容器《いえ》に閉じ込められている。
俺はこの世界ではひとかどの存在なんだ。
人は俺を自由に　ちょっとばかし大地に注ぐんだ。

12

俺は喉が渇いている者に潤いをもたらし、
救済を求める者に大いに必要とされている。
というのも俺は聖堂の近くの人々にも遠くの人々にも
「魂の巡礼《おきよめ》」をもたらすからさ。

13

ワインは言う、

「こうやって褒めちぎると、詐欺師の体内にお前が充満しているってことをお前自身が証明しているよな。お前がいるから船が浮くことが出来るのは真実だ。その後、水位はどんどん上がり、船が壊れてしまってもお前は消え去るわけではない。こうしてお前は船を欺いてしまう。」

14

喉がカラカラな時に水を全部飲み干せない人は命の危機に瀕する。[1] だから水への信頼が薄れる。その人は水を飲んで、永遠の旅に出てしまう。[2]

15

ワインこそは神であり、[3] オウィディウスが証明しているよ。ありとあらゆる叡智は酒から生まれている。教師たちが酒を飲まない時、彼らには理解力・判断力が欠けてしまい、学生たちも勉強に身が入らない。

16

もしも水で薄めたワインですら飲まないのなら、人は真実と嘘との区別が出来なくなってしまうよ。ワインを飲めば、足が不自由な人が走り、盲目の人が見えるようになり、寝ていた病人が起き上がり、悲しみにくれていた人が笑い出し、言葉が不自由な人が話し出すのさ。

17

ワインを飲めば、老人は若返るよ。

でも水を飲んでしまうと、若者の持つ陽気さや好色さは衰え、老け込んでしまう。
ワインを飲むと、この世界が一新する。
でも水を飲んでしまうと、子供は決して生まれない。

18

水が言う、「お前は神さ、お前のおかげで罪人も極悪人もいるのさ。お前のせいで彼らが不明瞭な言葉をわめくことになる。このように、酒のせいで賢人だって「疑い深いトマス」[4]になってしまうんだ。

19

これほどまでの神々しさが　欺瞞という名のやすりによって、呪われんことを！
巧妙さ、弾力さ、原罪、そして善までをも徹底的にワインは攻撃する。ワイン自らは、
洪水がやってくると　コソコソと大地から姿を消す。

20

俺は真理を話しているよ。俺が大地を肥沃なものにしているのだし、俺がいるから全てのものが花開く。

雨が降らない時、草や作物は干からびてしまい、
花と葉は枯れ始める。

21

ブドウの木は
実りあるものを決して生み出さない。
ありとあらゆるものが不作・不毛で、
その葉は散り、地面の上でしなり、干からびる。
何も作り出さず、弱々しい。

22

俺が消えてしまうと、大地に飢餓が起きる。
嘆き悲しむ全ての人々を苦しめる。
イエス・キリストたる存在の俺のために
キリスト教徒同様にユダヤ人も異教徒も
熱心な祈りを捧げる。

23

ワインが言う、「俺は自身のことを歌っている。空虚な言葉で自画自賛する。

他の場所でも俺たちは君を目にする。

この上なく卑しくて不潔なお前が全ての人々に知れ渡ってしまう時に、俺たちがそれを知らないはずがない。

24

お前は沈殿物や汚水であり、お手洗いから流れていく。

俺が何を言いたいか分かるよな。

大量の排泄物やカス、そして毒をお前は運ぶ。

そのことについてあれこれと俺は話すことは出来ない。

25

水は身を乗り出して、自分のことを擁護する。

そしてワインのことを下劣な言葉で罵倒する。

「お前が誰で、どんな人物か、本来は分からないはずなのだが、そのような予言をしてくれたから、今やはっきりしたよ。

26

お前の言葉は俺を傷つけはしない。
でも悪しくもみっともない議論がお前の口から出てくるもんだね。
かなり遠くに俺は悪臭を運ぶことも、悪臭を我慢することも拒絶して、俺自身から
悪臭を捨て去るのさ。」

27

ワインは断言する、「お前は裏では綺麗ごとばかり言っているよね。相変わらずひどい奴だ。汚
物のせいで死にかかっている多くの人が生活の中で水をよく飲んでいるよ。

28

水はこれを聞いて驚き、深い悲しみのあまり言葉を失い、ため息を繰り返す。
ワインは叫ぶ、「なんで黙っているのだ？　理路整然とした議論には門外漢のお前が論破され、
降参したということははっきりしたね。」

29

この論争への参加者である、私ペテロは、論争を終わらせる者として

全ての人々に申し上げます、
「永遠に、この水とワインの融合が忌み嫌われ、イエス・キリストとは分離されることを
祈って、アーメン。」

［訳註］

（1）巡礼者などが喉が渇いている時に飲料水がない場合、不潔な水や塩水を飲んでしまうと、それは死ぬことにつながった。

（2）つまり死すということ。

（3）古代ローマにおいて酒の神であった「バッカス神」を想起させる。

（4）イエス・キリストの十二使徒の一人であったトマスはイエスの復活と聞いた時に即座には信じない人物として、聖書に書かれている（ヨハネによる福音書二〇章二四－二九節）。そこから転じて現在でも英米圏では doubting Thomas というと「（証拠なしでは信じない）疑い深い人」の意味で日常的に用いられている（訳語は『ジーニアス英和辞典』（大修館書店）より）。

XLI　思う存分に飲もうよ！（カルミナ・ブラーナ第１９６歌）

1

居酒屋にいるときは
思い煩うことは何もない。
死ぬことだって恐れない。
即座にサイコロ遊びに飛びつき、　のめりこむ。

居酒屋で何がなされよう。
そこでは金銭《かね》がなければ　何も飲めない。
まずは金銭を探さなきゃ！
私の話をちょっとお聞きなさい。

2

賭け事をする奴らがいる。酒《ワイン》を飲む奴らもいる。

ふらふら生きている奴らがいる。
ずっとサイコロ遊びに熱中すると裸になってしまう奴らもいれば
高価な服を着る奴らもいる。(1)
賭けにすっかり負けて　悔悟者のようなボロ布をまとう奴らもいる。
死ぬことなんて怖くない。
酒欲しさにサイコロを投げる。

3

まずは酒をご馳走してくれた人に乾杯する
その次は自由民たちに(2)
そして囚人たちに
次に全ての人々に乾杯する。
四杯目は全てのキリスト教徒に
五杯目は　亡くなったキリスト教信者たちに
六杯目はうわべだけで中身のない修道女たちに
七杯目は盗賊騎士たちに(3)

4

八杯目は戒律に背いている、破廉恥修道士たちに
九杯目は放浪修道士たちに
十杯目は船乗りたちに
十一杯目は口論をする奴らに
十二杯目は悔悟者たちに
十三杯目は放浪する者たちに
教皇や王様にも無数の杯を捧げよう。
皆がどんどん酒を飲む。

5

女主人が飲む、旦那様が飲む。
騎士が飲む、聖職者が飲む。
あの男が飲む、あの女が飲む。
男召使が女召使と飲む。
きびきびした奴が飲む、ぼやっとした奴が飲む。
肌の白い奴が飲む、肌の黒い奴が飲む。

腰が据わった奴が飲む、そわそわした奴が飲む。
野蛮人が飲む、教養人が飲む。

6

貧しい人と病人が飲む。
故郷を追われた人とこの地に流れ着いた者が飲む。
少年が飲む、老人が飲む。
司教と首席司祭が飲む。
修道女が飲む、修道士が飲む。
老女が飲む、母親が飲む。
あの女が飲む、あの男が飲む。
百人が飲む、千人が飲む。

7

皆が　がぶがぶ酒を飲むと　楽しくても　六人金持ちがいたって金銭が足りない。
だから俺たちは陰口を叩かれ　俺たちは貧乏になってしまう。
俺たちを見くびる奴らはくたばってしまえ

奴らが　正しく生きている人々と一緒に記録されることがなからんことを！

［訳註］

（1）サイコロ遊びで勝ったために金銭的に余裕が生じて高価な服を買ったと考えることが出来る。

（2）後にキリスト教に改宗したムスリム奴隷のことを指すことが多い。

（3）中世ヨーロッパにおいて「盗賊騎士」とは騎士の身分ではあるが盗賊や強盗をおこなう荒くれ者のことであった。戦争中は傭兵として雇われた。

XLII　酒こそは御用心！（カルミナ・ブラーナ第２０６歌）

1

ヤギ(1)が酒を飲むと　とんでもないことを口走る。
かなり飲むと　醜態をさらす。

2

俺はすっかり酔っぱらうと　即席で詩を作る。
酒を飲んでいない時は　まるで役立たずだ。

［訳註］

（1）「ヤギ（山羊）」とは古代ローマでは性的な欲望の象徴として見なされた。

XLIII

新たな神こそ、今や胃袋！（カルミナ・ブラーナ第211歌）

1

エピクロスが(1)力強く叫ぶ、
「満腹は確実だ。私の腹は神になるであろう。
鯨飲馬食《げいいんばしょく》は　そんな神を求めるのだ。
その聖堂は台所で、
そこでは予言者たちが香しき匂いを放つ。

2

見よ、役に立つ神よ、
　絶食なんてとんでもない。
朝食前に、酔っぱらって酒を吐き、
彼の食卓と　水とワインを混ぜる壺は
まさに神のお恵みだ。

3

その皮膚はいつもワイン用の皮袋や陶器のように
　張りがある。
昼食から夕飯まで絶えず飲み食いしており、
丸々と肥えて、頬は赤い。
血管が膨張する時は鎖よりも硬くて強い。

4

こんなあんばいで、「宗教上の礼拝」が腹の中で嵐を巻き起こし、雷鳴が轟く。
ワインが蜂蜜酒と腹の中で喧嘩する。
平穏に暮らす幸せよ、
この厄介な腹をかかえて。

5

腹は言う、
「僕は自分のことだけが心配だ。
このように僕は自分のことを気にかけており、その目的たるや、
快適に飲み食いをしてゆっくりと眠り、疲れをとること。」

［訳註］

（1） エピクロスは古代ギリシアの哲学者。身体の健康と心の平穏を追い求めることを人間にとって最高の善と考え、エピクロス派を形成した。

訳者あとがきに代えて

ヨーロッパ中世盛期の「十二世紀ルネサンス」と称揚される時代に、「ゴリアール派」Goliardsとか「ゴリアルドゥス」Goliardus、またある時には「放浪学僧」Clerci vagantesと呼ばれる一群の遍歴詩人群が出現した。本書はそのなかでもケルンのアルキポエータ（大詩人）、〈ウォルター・マップ〉、〈ペトルス・アベラルドゥス〉、ピエール・ド・ブロワ、オルレアンのフーゴ・プリマス（第一人者）等々のその作者名の知られる当代随一の学殖を具えた学僧詩人たちを中心に、彼らの激烈な体制批判の諷刺詩や、「酒」、「歌」、「恋」、「骰子《さいころ》賭博」など一種享楽的なテーマで自由な人間精神を謳歌した抒情詩篇の傑作を、さまざまな出典から随意に選び、訳出しを試みたものである。

さて、かつては無稽にもひと括りで「暗黒時代」と蔑称されてきたヨーロッパの中世時代も、十一世紀後半から十二世紀の中世盛期には、今日のヨーロッパ文明の礎となるあらゆる創造的・造形的文化の形成が集中した時代であり、今ではC・H・ホプキンズが名著『十二世紀ルネサンス」のなかでいみじくも称揚したように、この世紀はヨーロッパの文化史の上で最も革新的な世紀のひとつと見なされるようになった。

その要因は複合的であるが、まず大学の発達と、知識人の誕生が挙げられる。

彼らは古典・古代の高い文化に畏敬の念と渇望を抱きつつも、歴史の進歩と「時の娘たる真理」veritas, filia temporisを確信して、三学（文法、修辞学、弁証学）・四科（算術、幾何学、天文学、音楽）を総合的に修めた人びとである。

その一方で、向学心に燃えて大学に学びながらも、貧困に喘ぎ、裕福な同僚に寄食したり、都市から都市へと托鉢して放浪し、時には旅芸人や道化役者になって生活の糧を得て、自由奔放な生活を送った「遍歴学僧」とか、「ゴリアール派」と呼ばれる若者たちが出現した。彼らは出世の道を外れた、いわば知識人のはみ出し者らではあるが、ローマ教皇をはじめとする堕落した高位聖職者らを鋭い舌鋒で批判・諷刺した詩歌や、「運命の女神」Goddess Fortunaに翻弄されて身を持ち崩しながらも、酒、女、賭け事を主題とした、多くの享楽的なラテン語の詩を後世へ遺した。

十一世紀に編纂された『ケンブリッジ歌謡集』*Carmina Cantabrigiensia*は、ラテン中世を代表する詞華集のひとつである。その主題は聖・俗にわたり、マリア讃歌、聖者伝、キリスト復活の宗教的抒情詩から、古典ラテン詩やボエティウスの『哲学の慰め』*Consolatio philosopiae*からの抜粋、王侯の戴冠式祝歌、葬礼追悼歌、頌徳詩、春の歌、恋情をつづる恋の歌など、八十三篇の詩歌集が収録されている。キリスト教の典礼音楽にならい、讃美歌続誦の形式を用いた作品が多いのが特色とされる。

「いずれすることは／すぐ行うがよく、／ぼくには一刻の猶予も／耐えがたいのです」と、ひたすら愛の行為の完結を女に逼る男の心情を赤裸々に吐露する第Ⅳ歌「恋人の誘いの歌」や、「あなたこそ／せめて春なら／聞きとどけ／察してほしい、／春を告げる若葉や花や草木にも／わたしの心は思い悩むを」と、うら若き尼僧が廻り来る春の季節に、ひとり遣る瀬なく恋に悩む姿を歌う第Ⅴ歌「春の日の乙女の愁い」などの詩集は、いずれも中世ラテン文学における恋愛抒情詩の傑作とされよう。

さらに、十九世紀初頭にミュンヘン近郊のベネディクト・ボイエルン修道院で偶然に発見され、いみじくも、'a cuckoo's egg in a monastic nest'（修道院の巣箱に産み落とされた郭公の卵）と名称され、総計二百二十八篇から成る有名な中世ラテン詞華集『カルミナ・ブラーナ』*Carmina Burana*（ボイエルン歌謡集）は十三世紀末期頃までに成立した写本とされ、大部分は古典的教養をそなえた逸名の放浪学僧或いはゴリアール goliards と呼ばれる詩人たちによって詠まれた歌謡集である。

その内容は、①教訓・諷刺詩、②恋愛詩、③酒と賭博の詩、④宗教劇などに分けられる。なにより、この詩集の魅力は腐敗した社会体制への痛烈な批判、「運命の女神」のもたらす人生の有為転変の姿、そして、異教的な快楽を追い求める自由奔放な放浪生活や恋愛の謳歌にあろう。

「おお、運命よ　姿を変える／月の如きものよ、／お前はつねに満ち　また欠ける／憎むべき生き方よ」と「運命の女神」Goddess Fortunaの気紛れを嘆く。さらに、「勉強はもう止めにしようよ、／無学ってものも　たのしいものさ、／そしてやさしい若さの華《はな》の／うれしい思いを　悦《たの》しむがまし」、「至難の業は　本能を抑え、／乙女を見ても　邪心を起こさぬこと」、「我が念願は飲み屋で死ぬこと、／末期の酒《ワイン》もすぐ飲めるところで」などの詩行に見られる不道徳の勧めと、ウェヌスやバッカス讃歌のなかに、あからさまな人間の本性に根ざす、自由な精神の証しを読み取ることができよう。

なお、ドイツの音楽家カール・オルフがこの『カルミナ・ブラーナ』から二十五篇の詩歌を選び、一九三七年に同じ題名の舞台形式カンタータを作曲して、この歌謡集の名声を一躍高めたことは周知の通りである。

これら二つの歌謡集の詩人たちは大方逸名で「読み人知らず」の詩歌である場合が多いが、その一群の詩人たちのなかには、その名前も大方は特定されて、文学的にも香り高い詩歌を詠んだ人びとの作品群も多く今に伝存している。

彼らは例えば前述したケルンのアルキポエータ、〈ウォルター・マップ〉、オルレアンのフーゴ・プリマス、ピエール・ド・ブロア、さらには〈ペトルス・アベラルドゥス〉等が挙げられよう。なお、〈〉付きの詩人名は古来これらの詩人の詩歌に擬せられてきたものであるか、その詩人名が極めて不確かであることを示す印として付してあることを予め断っておかねばならない。

それでは、「ゴリアール」あるいは「ゴリアルドゥス」という呼称は何に由来するものであろうか？　これには諸説あり詳らかではない。ひとつには『旧約聖書』の「サムエル記上」17：49－51に描かれるダヴィデに滅ぼされた異教徒ペリシテ人ゴリアテ（Goliath）に由来するとする説がある。これは当時の教皇や高位聖職者の堕落を激烈に揶揄・諷刺するこれら一群の詩人らを体制側が危険視して、「反キリスト」（Antichrist）の烙印を押して断罪したことによるものであろう。あるいは、彼らの行状の特色から「大食漢」とか「口達者な輩」と関連づけて、「食道楽」さらには「言動の放縦な者」を意味する"gula"に語源的に由来するとする異説もある。しかし、いずれもが根拠に乏しく、「ゴリアール」とか「ゴリアルドゥス」という名称自体の由来は不詳である。

しかし、九世紀のカロリング朝時代にすでに「ゴリアス族」familia Goliaeという名称が使われて、当時は社会的に逸脱した身持ちの悪い学僧たちを意味した。しかし、十二世紀中葉の中世盛期頃には、「ゴリアール」なる言葉は突然に、その品行が「貪婪大食」で「好色漢」、だが詩人としては「才気渙発」で「博識」な文人を表わす意味になっていった。その代表的な人物たちが上述したケルンのアルキポエータ、オルレアンのフーゴ・プリマス、ピエール・ド・ブロワ、〈ウォルター・マップ〉、それにある意味では〈ペトルス・アベラルドゥス〉という当代一流の錚々たる「知識人たち」intellectuelsであった。

こうして、従来の封建制度下の三つの階級、つまり「祈る者」としての聖職者階級、「戦う者」としての騎士階級、「働く者」としての平民・農民階級という枠組みでは納まり切れない、十二世において初めてヨーロッパに登場した、都市生活を基盤にして「知識自体」を生計の糧とする新しい「知識人」と呼ばれる階級が誕生したのである。わけても「弁証法」の騎士としてその知識人の頂点に立つオピニオン・リーダーたる人物こそほかならぬペトルス・アベラルドゥスその人であった。そのために、反俗の神秘主義者クレルボーの聖ベルナルドゥスは当時の大都市「パリ」を堕落した「新しいバビロン」と非難し、論敵ペトルス・アベラルドゥスの赫々たる名声と影響力を危険視した挙げ句に、「彼（アベラルドゥス）は進む、新しきゴリアルドゥス、昂然と……」と、アベラルドゥスを「ゴリアール」になぞらえて断罪しているのである。しかし、二人の間に勃発した激しい論争がかえってゴリアールたちを当代一流の諷刺詩人たらしめる引き金になったと言われる。というのは、上述したように、聖ベルナルドゥスはアベラルドゥスをゴリアテ（ゴリアール）になぞられるが、他方で逸名の「司教ゴリアス」なる詩人は本訳書の第Ⅰ歌「司教ゴリアスの黙示録」や、その他第Ⅱ歌「司教ゴリアスの転身譜」など多くの「ゴリアス詩文集」において、アベラルドゥスの方を擁護し、聖ベルナルドゥスと彼のシトー派の修道会を激しく非難している論調からも窺い知ることができよう。

次に、個々の逸名の詩人たちはさて措いて、上述した代表的なゴリアール派の詩人たちの経歴について少しく加筆して置きたい。

先ず取り上げるべき詩人は通称ケルンのアルキポエータ（大詩人）'Archipoeta'（十二世紀中葉）である。彼はオルレアンのフーゴ・プリマス（第一人者）と共に十二世紀盛期のいわゆる

「ゴリアール派」の中では最も著名な詩人であるが、彼は自らを'vates vatum'「詩人の中の詩人」と自称しており、「アルキポエータ」という呼び名自体も綽名に過ぎず、その正体も生地も特定できていない。しかし、彼は後述の「プリマス」と同様に言葉の真の意味ではいわゆる放浪学僧（ゴリアール）ではなく、運よくドイツの高位聖職者で、神聖ローマ皇帝フリードリヒ一世・バルバロッサ（赤髭王）の帝国書記官長にしてケルンの任命大司教ダッセルのレイナルドゥスを庇護者に得て、彼の下に寄食して追従していた。したがって、アルキポエータはプリマスよりも遥かに恵まれた立場にあって、その結果、単なる詩の娯楽を提供する者としてのみならず、彼の庇護者レイナルドゥスの政治的野心を支援するいわば十二世紀の広報官の役目も期待されたと言われる。

しかし、この詩人について特筆すべきは、本訳書でも扱っているが、彼が一一六三年にイタリアのパドヴァで書いたとされ、その歯に衣着せぬ無頼の勧めの主題ゆえに、とりわけ大きな名声を博して、ヨーロッパの中世時代を通して汎ヨーロッパ的に広く伝搬した第XXVII歌「ゴリアスの懺悔」という詩篇についてである。因みに、本詩篇の伝存する写本数はイギリスに六、フランスとイタリアにそれぞれ三、ドイツに二、チェコに一を数えることができ、この詩篇が当時いかに大きな人気を博したかの紛れもない証しとなっている。

次に、ゴリアール派の詩人としてアルキポエータと並び称される詩人にオルレアンのフーゴ・プリマス Hugo Primus d'Orleans（一〇九三年頃－一一六〇年頃）がいた。彼はその生地オルレアンとパリで教師として大いに好評を得ていた。

クリュニーのベネディクト派修道士で、ポワティエのリシャールなる人物によるプリマスに関する次のような誠に詳細な記述が伝わる。「最近、パリでは同僚たちから『プリマス』と綽名で呼ばれる貧相な外観と酔った顔をしたフーゴという名前のとある教師が大いに人気があって繁盛していた。彼は若い頃から専念して世俗的な文章を書いていたが、彼の才知と文学に関する博識のためその名声は多くの国々に轟きわたった。修辞学の教師たちの中で、その雄弁と押韻の機敏さで際立っていたので、彼がある司教から貰ったみすぼらしい『外套』について暴言を吐いた内容の詩篇（Cf.本詩歌集第XXII「司教への恨み節」）を読んだ人は誰もが、心底から笑い転げた。」プリマスはアルキポエータのように裕福な生活には恵まれることなく、常に貧しい生活を送りながらも慧眼を働かせた真の詩作の名工として、後世さらに有名などん底生活を送ったフランソワ・ヴィヨンの立派な先駆者とも見なされるのである。また、プリマスはボッカッチョの傑作『デカメロン』*Decameron* の第一日第七話において、語り手フィロストラートの話の中で、「プリマッソ」Primasso の名前で描かれ、クリュニーの大修道院長の「貪欲」が突然現れるさまを平然と揶揄する人物として登場してくるが、この事実からもこの詩人プリマスの人気の度合いを窺い知ることができよう。

次に、ピエール・ド・ブロワ Pierre de Blois（一一三五年頃－一二一二年頃）について略述しよう。彼はフランスで教育を受けて、一一六七年にシチリアの若き王ウィリアムの家庭教師となり、またイギリス王ヘンリー二世の宮廷に奉仕したが、王が崩御した後も王妃エレアノール・ダキテーヌの外交の秘書官を勤めた。さらに、一一七五年にはバースの副司教となり、三代に亘るカンタベリー大司教の秘書官になった。イングランドでのわが身を振り返って、自らをカインのような放浪者さながらに、イングランドでは言葉も知らずに異邦人（エトランジェ）のように疎外感を覚えこう述懐している。「二十六年もの間、わたしは知らない言葉を耳にしてイングランドを遍歴してきた。いったいわたしは永遠にこの地上の追放者にして放浪者であるのだろうか？」しかし、同時代人の叙事詩人で、名作『アレクサンドロス大王の歌』*Alexandreis* の作者シャティヨンのゴーティエはこのピエール・ド・ブロワを当代随一の詩人の一人と称賛している。

次に、括弧付きの〈ウォルター・マップ〉Walter Map（一一三五年–一二〇九年頃）について少しく述べてみよう。彼はウェールズ出身の聖職者で、ヘンリー二世の宮廷と関わってほぼ一生涯を過ごした人物である。また、その著書によると、彼は広く旅をして、多くの聖職者や宮廷人たちと気ままに交遊を結んだと言われる。その中でも、特にイギリス国教総本山のカンタベリー大司教でヘンリー二世の送った刺客により殉教したトマス・ア・ベケットやウェールズの歴史家で『アイルランド地誌』*Topographia Hibernica* の著者であるジラルドゥス・カンブレンシスたちとの親交が厚かったと言われる。また、マップは一一九七年にオックスフォードの助祭長に任命されている。ちなみに、このジラルドゥス・カンブレンシスは反ローマ教皇の諷刺詩を書いた「ゴリアール」という寄食者の生態について次のように述べている。「同様に、現代においてその

『大食』と『好色』で悪名高い『ゴリアール』と呼ばれる寄食者がいる。彼は『グーリアス Gulias〈大食漢〉』と呼ぶ方がふさわしかろう。というのは、彼はよく飲み食うからである。彼は一応の教養があるが、人格が卑しく立派な躾を体得していない。彼はよく韻律を踏んだ多くの世俗的な歌を吐き出して、恥じらいもなく愚かにも教皇やローマ教皇庁を諷刺している輩である。」これが当時の「ゴリアール」なる種族の一端でもあったとされる。ともあれ、長い間二十篇以上もある峻烈な諷刺精神に富むいわゆる『ゴリアス詩文集』がウォルター・マップの作に擬せられてきたが、現在では彼の作品でないことは学問的に実証されている。現在ウォルター・マップの主著として修道会や結婚についての諷刺談や不思議な逸話集や民話を集大成した『宮廷人の閑話』*De nugis curialium*（一一八一―一一九三年頃）一冊のみが伝存している。これから判断すると、『ゴリアス詩文集』の峻烈な諷刺精神はそれほどまでにウォルター・マップというイギリスの当代随一とも言える知識人の知性と心性に相通ずる証左と言えよう。

最後に、〈ペトルス・アベラルドゥス〉は周知のように、中世盛期の「十二世紀ルネサンス」を代表する最も独創性に富んだ「知識人」のチャンピオンと同時に偉大なる詩人でもあった。彼が述べているように、エロイーズとの恋愛に着想した彼の恋愛詩が当時は広く読まれ、パリ中で話題になったと言われる。しかし、残念ながらこれらの恋愛詩集はまったく残っていないとされる。伝存するアベラルドゥスの作品は彼の推挙により、パラクレー修道院長となったエロイーズの要望により作詩した祈禱詩と"planctus"という詩形の数編の「哀歌」だけとされる。しかし、学者によっては、失われたアベラルドゥスが作詩した詩篇のいくつかは知らぬ間に前述した『ベネディクト・ボイエルン歌謡集』の写本中に入っているはずだと想定して、その特定を試みているが、現在のところ殆ど成功していないようである。しかしさらに、ある学者が全般的傾向の恋愛詩はペトルス・アベラルドゥス以外の作ではありえない、たぐい稀なる詩的天才の詩篇と固く信ずる学者もいる。それゆえに、革新の十二世紀における学識豊かな恋愛詩の最も高度に完成した詩例を示すものとして、本訳集のⅥ～Ⅻの七歌の作者は中世の学問全般と特に修辞学とに極めて高度に練達した人物と見なされている。さらに、いわゆる「ゴリアール詩」Goliardicaに及ぼした詩人アベラルドゥスの巨きさについては文芸史家の間ではその見解がおおむね一致していることも事実である。括弧付きでペトルス・アベラルドゥスの作品として訳出しした次第である。特に、Ⅵ「月光のソナタ」とⅫ「エロイーズ」の二篇は紛れもなく詩人アベラルドゥス自身の作詩であるが、その他の詩篇集も彼の自作の恋愛詩である可能性が高いとは、多くの著名な学者・批評家が認めるところであることを付記しておきたい。

中世ラテン詩歌集である『完訳ケンブリッジ歌謡集』（一九九七年）や『放浪学僧の歌』（二〇〇九年）をいずれも南雲堂フェニックス社から出版し、江湖の好評を博してもはや十有余年となる。詩の翻訳は殊更に至難の業であるとは、いつもながらの偽らざる感慨である。よって、本書を編・訳するにあたり、せめて原文に即してできるだけ文意が通る訳文を念頭においた。また「訳注」についても厳密を期したつもりであるが、菲才ゆえの思い掛けない遺漏があることを恐れます。読者諸賢の忌憚のないご叱正・ご教示をいただければ幸いに存じます。

尚、今回は共訳書として、第Ⅰ歌からXXX歌までを瀬谷が担当し、第XXXI歌からXLIII歌の「カルミナ・ブラーナ詩歌集」の抄訳・訳註は俊英の松田章正さんが担当された。氏は現在聖心女子学院の外国語教員を勤め、特に仏語や中世ラテン語に深い造詣を持たれる前途有望な若者であり、今後が大いに期待されます。

この地味な詩の翻訳書の出版を快諾して下さった論創社長森下紀夫氏をはじめ、出版企画に参堂され、いつもながらカヴァーデザインや彩色画の助言や煩雑な校正の手を煩わせた編集部長の松永裕衣子編集部長、ならびに編集部の皆さまに厚く感謝を申し上げます。

二〇二四年　五月吉日

新白河の陋居にて　　訳者代表

ネサンス人』平凡社、1985年。

ブーラン、ジャンヌ／福井美津子（訳）『エロイーズ─愛するたましいの記録』岩波書店、2003年。

ベーンケ、ハイナー・ヨハンスマイアー、ロルフ（編）／永野藤夫（訳）『放浪者の書』平凡社、1989年。

ホイジンガ、ヨハン／高橋英夫（訳）『ホモ・ルーデンス』中公文庫、1973年。

────：里見元一郎（訳）『文化史の課題』東海大学出版会、1965年。

ボエティウス／畠中尚志（訳）『哲学の慰め』岩波文庫、1984年。

堀越孝一『青春のヨーロッパ中世』三省堂、1987年。

堀米庸三『中世の光と影』上下巻、講談社学術文庫、1978年。

堀米庸三・木村尚三郎編『西欧精神の探究』上下巻、NHKライブラリー2001年。

リベラ、アラン／阿部一智・永野潤（訳）『中世知識人の肖像』新評論社、1994年。

ル・ゴフ、ジャック／柏木英彦・三上朝造（訳）『中世の知識人』岩波新書、1977年。

ヴェルジェ、ジャック／野口洋二（訳）『十二世紀ルネサンス』創文社、2001年。

ヴォルフ、フィリッペ／渡邊昌美（訳）『ヨーロッパの知的覚醒―中世知識人の群像』白水社、2000年。

柏木英彦『中世の春―十二世紀ルネサンス』創文社、1976年。

――――：『アベラール』創文社、1986年。

カステリオーネ、ガルテールス・デ／瀬谷幸男（訳）『アレクサンドロス大王の歌―中世ラテン叙事詩』南雲堂フェニックス、2005年。

クルツィウス、E. R.／南大路振一郎他（訳）『ヨーロッパ文学とラテン中世』みすず書房、1989年。

呉茂一他（編訳）『世界名詩集大成1・古代・中世』平凡社、1960年。

――――：(訳)『花冠』紀伊国屋書店、1973年。

――――：(訳)『ギリシャ・ローマ抒情詩選』岩波文庫、1952年。

黒瀬保『運命の女神』南雲堂、1971年。

――――：『中世ヨーロッパ写本における運命の女神像』三省堂、1977年。

児玉善仁『ヴェネツィアの放浪教師』平凡社、1993年。

瀬谷幸男（訳）『完訳 ケンブリッジ歌謡集―中世ラテン詞華集』南雲堂フェニックス、1997年。

――――：(著)「中世ラテン詩集―遍歴学僧の詞華集」週間朝日百科、世界の文学54『聖書・グレゴリオ聖歌』所収、朝日新聞社刊、2000年。

ドロンケ、ピーター／高田康成（訳）『中世ヨーロッパの歌』水声社、2004年。

永野藤夫（訳）『全訳 カルミナ・ブラーナ　ベネディクトボイエルン歌集』筑摩書房、1990年。

新倉俊一『ヨーロッパ中世人の世界』ちくま学芸文庫、1998年。

――――：「アベラールとその後裔たち―中世知識人のある系譜」『思想』第八号所収、岩波書店、1970年。

ハスキンズ、C. H／別宮貞徳・朝倉文市（訳）『十二世紀ルネサンス』みすず書房、1989年。

――――：青木靖三・三浦常司（訳）『大学の起源』社会思想社教養文庫、1977年。

畠中尚志（訳）『アベラールとエロイーズ―愛と修道の手紙』岩波文庫、1983年。

パッチ、H. R.／黒瀬保（監訳）迫和子・轟義昭・蓑田洋子（訳）『中世文学における運命の女神』三省堂、1991年。

プラッター、トマス／阿部謹也（訳）『放浪学生プラッターの手記―スイスのル

Jones,C.W., *Medieval Literature in Translation*. Longman, 1950.
Langosch, K., *Hymnen und Vagantenlieder. Lateinische Lyrik des Mittel—alters mit Deutschen Versen*. Wissenschaftliche Buchgesellsschaft, 1954.
————: (ed.) *Die Lieder des Archipoeta*. Stuttgart: Philipp Reclam Jun, 1965.
Mapes, Walter, *De Nugis Curialium*, (ed.) James, M., (rev.) Brook, C. N, L, & Mynors, R, A, B., Oxford University Press, 1975.
Orff, Carl, Carmina Burana Vocal Score—*Cantiones Profanae,* Chott Musik Intll., 1991.
Patch, H. R., *The Goddess Fortuna in Medieval Literature*. Harvard University Press, 1927.
Raby, F.J.E., *A History of Christian Latin Poetry from the Beginnings to the Close of the Middle Ages.* Oxford University Press,1927.
————: *A History of Secular Latin Poetry in the Middle Ages*. 2vols, Oxford University Press, 1934.
Riggs, A, G., *A History of Anglo-Latin Literature, 1066-1422*. Cambridge University Press, 1993.
Sebesta, J.L.(ed,&tr.) *Carl Orff Carmina Burana Cantiones Profanae.* Bolchazy-Caducci Publishers, 1985.
Symonds, J. A., *Wine, Women and Song: Latin Students' Songs,* Chatto And Windus, 1907, AMS Press, Inc., 1970.
Waddell, H., *Poetry of the Dark Ageas,*(rep.) University of Glasgow,1971.
————: *The Wandering Scholors*. The University of Michigan Press, 1989.
Walsh, P. G., (ed.) *Thirty Poems from Carmina Burana,* University of Reading, 1976.
————: (ed.) & (tr.) *Love Lyrics from Carmina Burana*. Chapel Hill; The University of North Carolina Press, 1993.
Wilhelm, James., *The Cruelest Month: Spring, Nature, and Love in the Classical and Medieval Lyrics*. Yale University Press, 1965.

III. 邦文・邦訳関連文献抄

阿部謹也『西洋中世の男と女―聖性の呪縛の下で』ちくま学芸文庫、2007年。
池上俊一『遊びの中世史』ちくま学芸文庫、2003年。
伊東俊太郎『十二世紀ルネサンス』講談社学術文庫、2006年。

Carolina Press, 1993.

Whicher, George F., (ed. & tr.) *The Goliard Poets—Medieval Latin Songs and Satires*, Greenwood Press Publishers, 1949.

Ziolkowsky, Jan M., (ed. & tr.) *The Cambridge Songs (Carmina Cantabrigiensia)* New York & London: Garland Publishing, Inc,. 1994.

Zeydel, Edvin H., (ed. & tr.) *Vagabond Verse—Secular Latin Poems of the Middle Ages*, Wayne State University Press, 1966.

II. 欧文関連文献抄

Allen. P.. S., *The Romanesque Lyrics: From Petronius to the Cambridge Songs.* University of North Carolina Press, 1928.

Brittain, F., *The Medieval Latin and Romance Lyric to A.D.1300*. Cambridge University Press, 1951. New York: Kraus Reprint Co./ 1969.

Bulst, W., *Carmina Burana: Lieder der Vagabten*. Heidertberg: Verlag Lambert Schneider, 1974.

Curtius, E. R., *European Literature and the Latin Middle Ages.* (tr..) Trask, W. R., London: Routledge and Kegan Paul Ltd., 1963.

Dronke, P., *Medieval Latin and Rise of European Love-Lyrics.* 2vols, Oxford University Press, 1968.

————: *The Medieval Lyric*. London: Hutchinson & Co., 1968, D. S. Brewer, 1996.

————: *Abelard and Heroise in Medieval Testimonies*. University of Glasgow Press, 1976.

Economou, George D., *The Goddess Natura in Medieval Literature*. Harvard University Press, 1972.

Gilson, Etienne, *Heroise and Abelard*. The University of Michigan Press, 1960.

Haskins, Ch. H., *The Renaissance of the Twelfth Century*. Harvard University Press, 1927.

Hilka, A., Schumann, O., *A History of Medieval Latin Literature.* New York: William Salloch, 1949.

Hilka, A., Schumann, O,. Bischoff,B., *Carmina Burana*. 4vols, Heiderberg: Carl Winter Universitatsverlag, 1961-78.

参考文献抄

Ⅰ. 出典抄

Adocock, Fleur, (ed. & tr.) *Hugh Primas and the Archpoet*, Cambridge University Press, 1994.

———: (ed. & tr.) *The Virgin and the Nightingale,* Bloodaxe Books Ltd, 1983.

Breul, Karl, (ed.) *The Cambridge Songs:* A Goliard's Song Book of the Xlth Century Edited from the Unique Manuscript in the University Library. Cambridge University Press, 1915, Reprinted New York: AMS Press, Inc., 1973.

Blodgett, E. D. and Roy Arthur Swanson (tr.) *The Love Songs of the Carmina Burana.* Garland Publishing, Inc. New York & London, 1987.

Bulst, Walther, (ed.) *Carmina Cantabrigiensia.* Editiones Heidelbergenses XVII. Heiderberg: Carl Winter Universitatsverlag, 1950

Garrod H. W. (ed.) *The Oxford Book of Latin Verse:* OUP 1973, pp.375-378.

Hadavas, C. T. (ed.) *Songs from the Carmina Burana.* (A Selection.) 2019.

Hatto, A.T., *Eos: An Enquiry into the Theme of Lover's Meetings and Partings At Dawn in Poetry.* The Hague: Mouton & Co., 1965.

Hilka, A.. & Schuman, O., Bischoff, B., *Carmina Burana.* 4vols, Heiderberg: Carl Winter Universitatsverlag, 1961-1978.

McDonough, C. J., (ed. & tr.) *The Oxford Poems of Hugh Primas and the Arundel Lyrics.* Toronto: Pontifical Institute of Medieval Studies, 1984.

Raby, F., J., E., *The Oxford Book of Medieval Latin Verses*, Oxford University Press, 1959.

Strecker, Karl, (ed.) *Die Cambridger Lieder. MGH Scriptores Rerum Germa-nicarum in Usum Scholarum Separatim Editi 40.* Berlin: Weidmansche Buchhandlung, 1926. MGH Munchen, 1978.

Walsh, P. G., (ed.) *Thirty Poems from the Carmina Burana.* Bristol Classical Press, 1976.

———: (ed. & tr.) *Love Lyrics from the Carmina Burana..* The University of North

†編・訳者

瀬谷 幸男（せや・ゆきお）

1942年福島県生まれ。1964年慶應義塾大学文学部英文科卒業、1968年同大学大学院文学研究科英文学専攻修士課程修了。1979〜1980年オックスフォード大学留学。武蔵大学、慶應義塾大学各兼任講師、北里大学教授など歴任。現在は主として、中世ラテン文学の研究、翻訳に携わる。主な訳書にA. カペルラーヌス『宮廷風恋愛について—ヨーロッパ中世の恋愛術指南の書—』（南雲堂、1993)、『完訳 ケンブリッジ歌謡集—中世ラテン詞華集—』(1997)、ロタリオ・デイ・セニ『人間の悲惨な境遇について』(1999)、G. チョーサー『中世英語版 薔薇物語』(2001)、ガルテース・デ・カステリオーネ『アレクサンドロス大王の歌—中世ラテン叙事詩』(2005)、W. マップ他『ジャンキンの悪妻の書—中世アンティフェミニズム文学伝統』(2006)、ジェフリー・オヴ・モンマス『ブリタニア列王史—アーサー王ロマンス原拠の書』(2007)、『放浪学僧の歌—中世ラテン俗謡集』(2009)、ジェフリー・オヴ・モンマス『マーリンの生涯—中世ラテン叙事詩』(2009)（以上、南雲堂フェニックス)、P. ドロンケ『中世ラテンとヨーロッパ恋愛抒情詩の起源』（監・訳、2012)、W. マップ『宮廷人の閑話—中世ラテン綺譚集』(2014)、『シチリア派恋愛抒情詩選—中世イタリア詞華集』(2015)、『中世ラテン騎士物語—アーサーの甥ガウェインの成長記』(2016)、『完訳 中世イタリア民間説話集』(2016)、ジョヴァンニ・ボッカッチョ『名婦列伝』(2017)、『中世ラテン騎士物語—カンブリア王メリアドクスの物語』(2019)、伝ネンニウス『中世ラテン年代記—ブリトン人の歴史』(2019)、ウィリアム・オヴ・レンヌ『中世ラテン叙事詩—ブリタニア列王の事績』(2020)、聖ヒエロニュムス『著者名列伝』(2021)（以上、論創社)、ジェフリー・チョーサー『カンタベリ物語』（共同新訳版、2021)、『チョーサー巡礼』（共著、2022）（以上、悠書館）がある。また、S. カンドウ『羅和字典』の復刻監修・解説（南雲堂フェニックス、1995)、その他がある。

†訳者

松田 章正（まつだ・あきまさ）

1986年千葉県生まれ。
2010年慶應義塾大学法学部政治学科卒業。
2012年慶應義塾大学文学部人文社会学科英米文学専攻卒業（学士入学)。
現在、聖心女子学院中等科・高等科専任教諭。

ゴリアール派中世ラテン詩歌集

2025年 3 月10日　　初版第 1 刷印刷
2025年 3 月20日　　初版第 1 刷発行

編・訳者　瀬谷　幸男
訳　　者　松田　章正

発 行 者　森下　紀夫
発 行 所　論 創 社
〒101-0051 東京都千代田区神田神保町 2-23　北井ビル
tel. 03 (3264) 5254　fax. 03 (3264) 5232
https://www.ronso.co.jp　振替口座 00160-1-155266
装　幀　奥定泰之
組　版　中野浩輝
印刷・製本　中央精版印刷
ISBN978-4-8460-2493-2